한국에서 태어나서
-자칭 리얼 엠씨의 부캐 죽이기

한국에서 태어나서

-자칭 리얼 엠씨의 부캐 죽이기

초판 1쇄 2022년 6월 3일

지은이 류연웅

출판책임	박성규	펴낸이	이정원
편집주간	선우미정	펴낸곳	도서출판 들녘
편집진행	이동하	등록일자	1987년 12월 12일
디자인진행	고유단	등록번호	10-156
일러스트레이션	SF소년단		
편집	이수연·김혜민	주소	경기도 파주시 회동길 198
마케팅	전병우	전화	031-955-7374 (대표)
경영지원	김은주·나수정		031-955-7384 (편집)
제작관리	구법모	팩스	031-955-7393
물류관리	엄철용	이메일	dulnyouk@dulnyouk.co.kr

ISBN 979-11-5925-739-1 (04810)

고블은 도서출판 들녘의 장르문학 브랜드입니다.

값은 뒤표지에 있습니다. 잘못된 책은 구입하신 곳에서 바꿔드립니다.

한국에서 태어나서

-자칭 리얼 엠씨의 부캐 죽이기

류연웅

gobl

목차

1부

릴뚝배기의 안 멋진 죽음 上

열일곱 살 때, 릴뚝배기는 기도를 했습니다.

"신님. 제가 만약 힙합을 버리려고 한다면… 가차 없이 저를 뒤지게 해주세요."

릴뚝배기는 기도와 함께 고등학교를 자퇴했고, 그때부터 힙합에 모든 걸 바쳤습니다. 싸구려 조명장치 때문에 눈이 부셔서 인상을 쓰고 랩해야 하는 공연장에서 십대 후반을 보냈고, 언더그라운드에서 제법 인지도를 쌓았습니다. 이십 대 초에는 Youtube를 통해 믹스테이프를 발매하며, 팬들로부터 정규 앨범 기대된다는 댓글도 받았습니다.

시간이 흘러 릴뚝배기는 스물일곱 살이 되었습니다. 그는 동료 래퍼 무알콜과 함께 1집 **[나는 벌레]** 발매를 앞두고 있습니다. 릴뚝배기는 집에서 오후 여섯 시가 되기를 기다립니다. 눈 깜짝할 새에 그 순간이 와버릴 것만 같습니다.

(눈 깜짝할 새)

드디어 앨범이 발매됐습니다! 이제 음원 사이트에 릴뚝배기를 검색하면 작업물이 뜹니다. 힙합 사랑이 이뤄지는 순간입니다. 그런데… 이상하게 신나지 않습니다. 허탈감만 찾아옵니다. 허탈감은 앨범 창을 '새로 고침' 할수록 더욱 커집니다.

한 시간 뒤. 릴뚝배기는 자신의 앨범 리뷰에 달린 두 개의 댓글을 봅니다.

- 얘는 미국에서 태어났어야 한다.

- 한국에서 태어나서 댓글도 한 개밖에 없네;;

릴뚝배기가 Youtube에 노래를 올릴 때도 달렸던 종류의 댓글들입니다. 작성하는 사람들은 칭찬의 의도를 가졌겠지만, 릴뚝배기는 댓글을 볼 때마다 속이 상했습니다.

그래서 어쩌라고? 뒤지고 미국에서 태어나라고?

분노를 삭이기 위해 릴뚝배기는 언젠가 발매될 자신의 정규 앨범이 성공하는 미래를 상상하곤 했습니다.

하지만 정규 앨범을 발매한 지금, 똑같은 댓글을 받고 있습니다. 심지어 수록곡 중에 **'한국에서 태어나서'**라는 노래도 있는데 말입니다. 이 새끼들… 노래를 듣기는 하는 걸까?

마음이 복잡합니다.

릴뚝배기는 휴대폰을 내려놓고 목욕하러 갑니다. 차가운 물로 머리카락을 적시면서 까마득한 시절을 떠올립니다. 한때는 힙합만으로 성공해서 방송국의 영향력을 따라잡는 미래를 그렸습니다. 뭐 하나 터져서 평생 먹고 살 수 있을 줄 알았습니다.

하지만 나이 먹고 보니 터지는 건 엄마 속이고, 방송국은 무슨 순대국 사 먹기도 힘듭니다. 욕조에 몸을 담근 채로 릴뚝배기는 자신의 미래를 계산합니다. 그리고 목욕을 끝마칠 즈음에 이런 결론을 내립니다.

힙합 그만해야겠다.

한순간의 투정이나 회피가 아닙니다. 진지한 결론입니다. 입만 산 말뿐인 리스펙을 받으며 텅 빈 통장 잔고를 괜찮다고 위안하기도 이제는 지칩니다.

릴뚝배기는 힙합에 대한 사랑을 접기로 합니다.

미련도 남지 않도록 이 목욕을 끝내면 마이크도 다 팔아버릴 겁니다.

(눈 깜짝할 새)

릴뚝배기는 수건으로 물기를 텁니다. 한숨을 쉬며 화장실 밖으로 나오는데 문밖에 누군가 있습니다. 갑작스러운 가택 침입에 릴뚝배기는 소스라칩니다.

저 낯선 사람은 누구인가.

아니, 저것은 사람이 아닙니다. 온몸에 신비한 검은색 망토를 두르고 있으며, 발이 땅에 닿아 있지 않습니다. 마치 유령이나 귀신과 같은 형상입니다.

그가 말합니다.

"릴뚜배기야. 넌 이제 뒤졌다."

"누구신데요?"

"나는 너의 신이다."

"신이요?"

"네가 기도했던 내용을 잊었느냐."

제가 만약 힙합을 버리려고 한다면… 가차 없이 저를 뒤지게 해주세요.

릴뚜배기는 잊은 적이 없습니다.

다만 스스로와의 기도라서 신경을 쓰지 않았을 뿐입니다. 그렇기에 눈앞에 나타난 정체불명의 존재가 당황스럽게 여겨집니다.

"너를 뒤지게 해주려고 왔다."

“잠, 잠시만요.”

릴뚝배기는 뒷걸음을 치다가 미끄러지고, 어깨를 세면대에 부딪칩니다. 어깨에서 시작된 통증이 약 기운처럼 온몸으로 퍼집니다. 신음을 흘리는 릴뚝배기를 보며 신은 헛기침합니다. 주변을 두리번거립니다.

“이건 시나리오에 없었는데….”

시나리오라니.

릴뚝배기는 두렵습니다. 어떤 방식으로 죽음을 맞이할지 모른다는 공포가 그를 지배합니다.

목을 조르나.

칼을 꽂나.

방금 미끄러진 게 징조인가. 신이 염동력을 사용하나. 몇 번 더 넘어져서 죽게 되나. 그럴 바에야 한 번에 죽여 달라고 부탁하고 싶습니다. 릴뚝배기는 부디 신이 말하는 시나리오가 길지 않기를 바랍니다.

“아무튼, 너에게 시간을 주겠다.”

“시간이요?”

"오늘이 끝나기 전까지… 힙합에 대한 미련을 풀어라."

[신의 제안: 마지막 하루를 살아갈 기회를 주겠다.]

스스로와의 약속을 저버려서 죽어야 하는 릴뚝배기의 인생에 추가 시간이 주어진 셈입니다.

하지만 릴뚝배기는 전혀 기쁘지 않습니다. 죽는다는 사실은 변함이 없으니까요.

다만 의문이 남습니다.

"저한테… 왜 기회를 주세요?"

"음?"

"시간을 주시는 이유가 뭐예요?"

신은 다시 한 번 헛기침합니다. 무언가를 고민하는 듯합니다. 자신이 릴뚝배기에게 시간을 주려던 이유를 잊은 걸까요. 혹은 애초에 모르는 걸까요.

릴뚝배기는 혹여나 이유를 찾지 못한 신이 당장 자신

을 죽여버릴까봐 걱정합니다.

그래서 섣부르게 던졌던 질문을 철회합니다.

"괜히 물어봤습니다, 제가…."

"나도 힙합 좋아하거든."

"네?"

"나는 사실 '힙합의 신'이야."

"…그렇군요."

"…내일 되면 다시 올게."

'힙합의 신'이 문워크를 추며 사라집니다. 홀로 남겨진 릴뚝배기는 시간을 확인합니다. 여섯 시간 후면 하루가 끝납니다. 릴뚝배기에게 주어진 마지막 시간입니다.

죽음이라니.

그동안 릴뚝배기는 죽음에 대해 생각해본 적이 없습니다. 죽음은 마카롱* 차트 1위, 빌보드* 진출만큼 멀게 느껴지는 단어였습니다. **[나는 벌레]**를 마카롱 차트나 빌보드를 의식하지 않고 그냥 만들었던 것처럼… 자신의 인생도 죽음을 의식하지 않고서 그냥 하루하루를 버

* 대한민국 업계 1위의 음원 유통 플랫폼

* 이건 아시겠죠?

티듯이 살아왔습니다.

하지만 힙합을 그만 두겠다고 다짐하자마자 삶도 멈추게 되었고, 지금 이 순간 릴뚝배기는 자신이 살아온 27년을 돌아봅니다. 아무리 생각해도 실패한 인생입니다.

왜 실패했을까?

간단합니다. 과거에 했던 약속 때문입니다. 열일곱 살의 릴뚝배기가 '힙합 그만해야겠다'라고 다짐하는 지금의 모습을 봤다면… 분명 신보다 먼저 자신을 찢어 죽였을 것입니다. 어린 시절 품었던 간절함은 10년이라는 시간 속에서 휘발됐습니다. 다시는 그 간절함을 되찾지 못할 것이기에 릴뚝배기는 인생을 실패했다고 느낍니다.

(전화 벨소리)

그 순간 동료 래퍼 무알콜에게 전화가 옵니다. 릴뚝배기는 전화를 받을까말까 고민합니다. 무알콜이 무슨 얘기를 할지 뻔합니다. 역시나. 전화기 너머의 무알콜은 술 몇 잔 마신 듯이 잔뜩 꼬부라진 목소리입니다. 릴뚝배기에게 하소연하듯이 묻습니다.

"한국에서 태어나서 좆 같지?"

"갑자기 뭔 소리야."

"나도 좆 같아. **[나는 벌레]** 발매된 거는 아냐?"

"…."

"네가 제일 쓰레기야!"

무알콜은 제멋대로 전화를 끊습니다. **[나는 벌레]**를 자신의 단독 작업물로 아는 걸까요. 릴뚝배기는 어처구니가 없습니다. 쓰레기라뇨. 힙합이라면 몰라도, 무알콜에게 쓰레기라는 말을 왜 들어야 합니까. 조금 전까지만 해도 슬픔으로 차 있던 릴뚝배기의 내면이 분노로 가득해집니다. 분노는 곧 독기가 됩니다.

이대로 뒤질 수는 없다.

지금 자신에게 주어진 여섯 시간이 마지막 기회처럼 느껴집니다. 어느새 릴뚝배기는 의미 있는 죽음을 원합니다. 무알콜처럼 앨범이 망했다고 징징대고 있을 수만은 없습니다. 뭐라도 해야 합니다.

뭐를 할까요?

뭐긴 뭐야. 힙합해야죠. 릴뚝배기는 자기도 모르는 새에 초심으로 돌아갑니다. 간절한 마음으로 음원 사이트에 들어갑니다. **[나는 벌레]**를 검색합니다. 트랙리스트가 뜹니다.

[나는 벌레]

Track1. 가족

Track2. 친구

Track3. 팬

Track4. 회사

Track5. 한국에서 태어나서 (Title)

어쩌면 죽음은 기회일지 모릅니다. 릴뚝배기는 스물일곱의 나이에 죽게 된 것을 오히려 이용하겠다고 다짐

합니다. 음악계에서 요절한 아티스트들을 지칭하는 '27세 클럽의 저주'라는 격언도 있지 않습니까.

릴뚝배기는 커트 코베인, 에이미 와인하우스 등이 있는 '27세 클럽'의 라인업에 합류할 미래를 그립니다.

그러기 위해서는 남은 시간 동안 부지런해야 합니다.

라이브를 해야겠어.

주어진 시간 안에 최대한 많은 사람에게 랩을 들려줄 겁니다. 누군가 영상을 찍어서 Youtube에 올려준다면 계획은 성공입니다. 해당 라이브를 진행했던 날 밤에 릴뚝배기가 사망했다는 소식이 퍼지면 작업물은 재평가 받을지 모릅니다. 역주행하는 겁니다.

비록 그 미래를 직접 확인하지는 못하겠지만… 반 고흐 같은 아티스트가 되는 상상만으로도 릴뚝배기는 행복합니다.

물론 이 계획에는 한 가지 전제조건이 존재합니다.

라이브를 잘해야지.

괜찮습니다. 자신은 웃긴 행동을, TV에 나오는 짓을,

인스타그램을 못할 뿐. 랩은 잘합니다. 릴뚝배기는 단 한 번도 스스로의 실력을 의심하지 않았습니다. 언제나 의심하는 건… 엄마뿐이었습니다.

그 얘기는 **[나는 벌레]**의 1번 트랙 **'가족'**에도 담겨 있습니다. 릴뚝배기는 엄마를, 무알콜은 아빠를 가사 대상으로 삼았습니다. 그들은 자식이 래퍼가 되는 걸 반대했습니다. 한국 사회에서 흔히 들을 수 있는 얘기입니다.

부모 몰래 아르바이트하면서 음악 활동을 지속해온 릴뚝배기와 무알콜의 사연 역시 지극히 평범합니다. 적어도 부모 앞에서 "나 힙합 사랑한다고! 엄마보다 더 사랑해!"라고 하면서 가출은 해야 특별하다고 볼 수 있겠죠.

릴뚝배기는 지금 그 특별함을 거머쥐려 합니다.

(도어락 울리는 소리)

퇴근한 엄마가 집으로 들어오고 있습니다. 릴뚝배기

는 엄마에게 사실대로 털어놓을 것입니다. 엄마가 그토록 반대하던 힙합 음반 발매했고, 거기에는 당신을 향한 디스랩도 있다고. 나 지금 버스킹하러 갈 건데 원한다면 연습 삼아 불러드리겠다고.

"저녁 먹었니?"

엄마가 묻습니다. 릴뚝배기는 저녁 대신 욕먹을 각오하고 말합니다.

"나 음반 냈어."

TAKE1. 가족

"같이 들어보자!"

엄마는 원래 이런 사람이 아닙니다. 열일곱 살의 릴뚝배기가 힙합으로 특별한 삶을 살겠다고 했을 때… 너는 평범하다면서 공부시키던 사람입니다.

이게 아닌데.

릴뚝배기는 엄마가 힙합 따위 관심 없다고 했을 때 생

길 분노를 동력으로 랩하려 했습니다.

그런데 엄마는 소파에 앉아서 경청할 준비를 하고 있습니다. 엄마의 눈썹이 유난히 반짝입니다. 생기 돋는 중년 여성의 눈동자 앞에서 릴뚝배기는 망설입니다. 원래 멍석 깔아주면 못하는 게 한국인 특성입니다.

무엇보다 이 상황에서 **[나는 벌레]**의 1번 트랙 **'가족'**을 부른다면… 누가 봐도 불효자입니다. 불효는 했어도 불효자가 되기 싫은 릴뚝배기는 망설입니다.

"왜? 엄마한테 직접 불러주려니까 부끄러워?"

"네? 제가 무슨 노래 부를 줄 알고요."

"나 생각하면서 쓴 노래 부를 거 아니니?"

맞습니다. 릴뚝배기는 엄마를 향한 디스 곡을 부를 게 맞습니다. **[나는 벌레]**의 1번 트랙 **'가족'**은 힙합에 대한 자신의 사랑을 저지하는 엄마를 생각하면서 썼습니다.

엄마가 그것을 어떻게 알고 있느냐는 게 문제입니다.

"아, 잘못 말했구나."

"뭘요."

엄마는 아까 '힙합의 신'이 그랬던 것처럼 주변을 두리번거립니다. 그러고는 할 말을 합니다.

"노래가 아니라 랩 듣는 거지. 힙합. 예."

에라, 모르겠다. 어차피 곧 죽을 운명입니다. 릴뚝배기는 랩을 시작합니다.

(16마디의 랩이 끝난 뒤)

"아들이 내 생각 참 많이 했구나."

"그래. 엄마가 힙합하지 말라 했던 때 항상 생각했죠."

"사실은 나 이렇게 잘할 줄 알고 있었단다."

"네?"

릴뚝배기는 엄마가 가사를 제대로 들은 게 맞나 싶습니다. 어쩌면 자신의 딕션이 심각하게 나쁜 걸 수도 있습니다. 엄마는 계속해서 릴뚝배기에게 따듯한 말을 하고, 그게 릴뚝배기를 감동하게 만들었다…라면 좋았겠지만, 수명이 다섯 시간 남은 상태에서 갑자기 받는 응원은 무용지물입니다.

차라리 엄마가 등짝을 스매싱해줬으면 좋겠습니다.

그러면 집을 총알처럼 튀어나가서 아무나 붙잡고 랩을 쏴댈 수 있을 텐데. 지금 엄마는 등을 토닥여줍니다. 래퍼로서 활동을 열심히 하라고 응원까지 합니다.

"네, 감사해요."

인사를 하고 집을 나온 릴뚝배기는 어딘가 석연치 않은 기분입니다. 혹여나 신이 장난치는 걸까요. 과한 야식을 먹고 언친 것처럼 속이 더부룩합니다. 릴뚝배기는 거리에 주저앉습니다. 무엇을 해야 할지 모르는 릴뚝배기 앞에 불현듯 '힙합의 신'이 나타납니다.

아직 시간이 남아 있는데 왜 나타난 걸까요. 릴뚝배기는 일부러 시선을 피합니다. '힙합의 신'은 눈치 없이 릴뚝배기에게 다가갑니다.

"연습 잘 했냐?"

"연습이요?"

'힙합의 신'은 다시 한 번 시간을 되돌려줄 거라고 말합니다. 이제까지는 튜토리얼 과정이었으며, 릴뚝배기가 앞으로는 신중하게 결정하기를 바란다고 말합니다. 그래서 죽기 전에 자신이 진짜 원하는 게 뭔지 깨닫기를 바란다고 근엄하게 얘기합니다.

"잠시만요."

릴뚝배기가 다급하게 부르지만, '힙합의 신'은 문워크를 추며 사라집니다. 릴뚝배기를 감싸고 있는 공간에 균열이 생기기 시작합니다.

TAKE2. 친구

잠시 후.

릴뚝배기는 목욕 가운을 입은 채 화장실에 서 있습니다. 시간은 오후 여섯 시 삼십 분입니다. 과거로 돌아왔습니다.

재도전을 하는 상황이네.

릴뚝배기는 '힙합의 신'이 말했던 미련 없는 죽음에

대해 생각합니다. 그것이 가능하려면 무엇을 해야 할까.

그 순간 래퍼 무알콜에게 전화가 옵니다. 무알콜은 아까와 같은 말을 반복합니다.

"한국에서 태어나서 좆 같지?"

"갑자기 뭔 소리야."

"나도 좆 같다. **[나는 벌레]** 발매된 거는 아냐?"

이쯤에서 무알콜은 제멋대로 전화를 끊을 겁니다. 같은 상황이 벌어지지 않기를 바라는 릴뚝배기는 재빨리 대답합니다.

"너 지금 어디야. 만나서 얘기하자."

<u>(눈 깜짝할 새)</u>

재가 원래 저렇게 잘생겼나?

햄버거 가게에 앉아 있는 무알콜을 보며 릴뚝배기는 생각합니다. 곧이어 릴뚝배기를 발견한 무알콜이 손을 듭니다.

릴뚝배기는 그와 함께 랩하며 손을 흔들 계획입니다.

무알콜에게 **[나는 벌레]** 발매를 기념하기 위해 뭐라도 하자고 말할 겁니다. 일분일초가 아까운 상황입니다. 한 곡이라도 더 불러야 하는데… 조급한 릴뚝배기와 달리 무알콜은 메뉴판만 살핍니다. 릴뚝배기에게 어떤 햄버거를 먹겠냐고 묻습니다. 햄버거 메뉴들에 대해서 자세하게 소개까지 합니다.

"오리지날 버거에는 수제패티, 체다치즈랑 양파 패티가 들어 있고… 세븐티스락앤롤 버거는 미국복고풍 햄버거야. 한국식 햄버거도 있대."

"아무거나 처먹고 빨리 나가자."

"어디를."

"랩하러 가자."

릴뚝배기는 20세기 래퍼 Dragon Ash를 떠올립니다. Dragon Ash는 자신의 음반이 자꾸만 망하자 화가 나서 자동차로 백화점을 들이받았습니다. 수감되고 나서야 유명세를 얻어서 차트 1위를 달성한 아티스트입니다.

그 정도까지는 아니라도, 릴뚝배기는 극단적인 퍼포먼스를 선보이고자 합니다. 어차피 잃을 것도 없는 상황입니다.

"에이. 고생하지 말고 햄버거나 먹자."

"배부른 게 전부냐?"

"배고파도 전부는 아니잖아."

하지만 무알콜은 공연할 생각이 없어 보입니다. 릴뚝배기는 점원을 불러서 태연하게 햄버거를 주문하는 그가 짜증납니다. 항상 분위기 좋을 때마다 찬물을 붓는 친구입니다. 오후 두 시에 전화를 걸어서 아침 먹었냐고 물어보는 녀석입니다.

이딴 놈이 동료라고….

릴뚝배기는 차라리 **[나는 벌레]**를 혼자 만들 걸 후회합니다. 그러지 못했던 건 엄마 때문입니다. 열일곱 살의 릴뚝배기에게는 힙합에 대한 자신의 사랑을 부정하는 엄마를 부정할 수 있는 존재가 필요했습니다. 학교를 다니던 고등학생에게 그것은 곧 친구들이었고, 음악 동아리에서 무알콜을 만났습니다.

힙합을 잘 모르는 사람들은 힙합을 좋아하는 사람들끼리 만나면 반가워할 거라고 착각합니다. 하지만 힙합에 대한 견해차가 다르다 보니까 오히려 더 싸우곤 합니다. 릴뚝배기와 무알콜도 마찬가지였습니다.

“나는 A 좋아해.”

“A를 좋아한다고? 너 막귀.”

그래도 릴뚝배기는 무알콜이 엄마보다는 덜 싫었습니다. 함께 힙합에 모든 걸 걸기로 맹세해놓고, 무알콜은 고등학교를 자퇴하지 않았을 때도 참았습니다. 잘도 십 년 동안 함께 활동을 했습니다.

그래서 지금 이 햄버거 가게에 있습니다.

세븐티스락앤롤 버거를 앞에 두고, 릴뚝배기는 한숨을 쉽니다.

“내가 다른 엄마한테서만 태어났어도….”

무알콜이 릴뚝배기에게 감자튀김 몇 개를 더 얹어주면서 말합니다.

"나도 마찬가지다. 금수저 아빠한테서만 태어났어도…."

"금수저?"

"그 얘기 한 거 아니냐?"

아닙니다. 릴뚝배기는 엄마의 경제력을 탓한 게 아닙니다. 단지 엄마가 자신의 꿈을 부정하던 것을 부정하기 위해서 지난 10년을 엉뚱한 친구와 함께 했고, 그 결과가 **[나는 벌레]**라는 게 허탈할 뿐입니다. 돈의 문제가 아닙니다. 꿈의 문제입니다.

하지만 무알콜에게는 이거나 저거나 같은 얘기로 들리는 듯합니다.

"너희 엄마가 왜 너를 안 지지해줬겠냐? 돈이 없으니까 그런 거지."

무알콜은 자꾸만 '금수저 말고는 음악만으로 성공 못 한다.'라고 주장합니다. 그것이 **[나는 벌레]**에 담긴 메시지라고 주장합니다. 한국에서 가족, 친구, 팬, 회사를 모두 무시하고 자신의 예술 세계를 펼치면서 먹고 살 수 있으려면 금수저여야만 한다고.

릴뚝배기는 동의할 수 없습니다.

무알콜 본인이 그렇다고 하니 딱히 반박하기도 뭣합니다만, 함께 음악을 해왔던 동료로서 의문이 듭니다.

"그럼 넌 이제 어쩔 건데."

"뭐가."

"너는 음악 안 할 거야?"

"할 건데?"

"왜 하냐. 금수저도 아니면서."

"나는 성공할 생각 없으니까."

"거짓말 하지 마."

"나한테는 힙합 취미야."

무알콜은 그렇기에 아무런 미련 없다고 말합니다. 취미를 무기처럼 내세웁니다. 취미이기 때문에 절박할 필요 없고, 절박하지 않기 때문에 멋없는 짓을 더 이상 하지 않을 거라고 자랑합니다. 순수하게 음악만 할 거라고 선언합니다.

멋없는 짓?

릴뚝배기는 불쾌합니다. 자신이 제안했던 버스킹을 무알콜이 멋없는 짓으로 치부한 것만 같습니다. 릴뚝배기는 마음속으로 해체를 결심합니다. 더 이상 무알콜과 작업할 일 없습니다. 수많은 언더그라운드 힙합 듀오가 1집이 마지막 앨범이 되는 건 이런 과정을 겪기 때문일까요.

모르겠습니다.

지금 릴뚝배기는 무알콜이 먹자고 했던 햄버거의 값이 아까울 뿐입니다. 세트 메뉴라서 8,400원인데… 음원 수익으로 이 돈을 벌려면 몇 백 번은 다운로드가 돼야합니다. 스트리밍은 몇 만 번이고요.

그따위 산수를 하고 있으니 갑자기 엄마가 했던 말이 정답인 것처럼 느껴집니다.

힙합으로 어떻게 먹고 사니.

엄마를 부정하기 위해 친구를 찾았는데, 친구와 함께 지내다보니 자신도 모르는 새 엄마가 예고했던 말에 가까운 상태가 됐습니다. 그것 깨닫고 나니 입맛이 떨어집니다. 릴뚝배기는 햄버거를 내려놓고 창밖을 봅니다. 하늘이 푸릅니다. 곧 해가 지려나 봅니다. 더운 여름의 오후 여덟 시입니다. 수명이 네 시간 정도 남았습니다. 릴뚝배기는 불현듯 래퍼 Dragon Ash가 떠오릅니다.

백화점을 자동차로 박았다가 인기가 생긴 래퍼 말입니다.

"썅. 여기에 불이라도 지를까."

"미쳤냐?"

다짜고짜 욕을 내뱉은 건 무알콜이 아닙니다. 햄버거 가게 주인이 어느새 앞에 서 있습니다. 릴뚝배기가 별 뜻 없이 내뱉은 방화 예고에 주인은 분노한 상태입니다.

(릴뚝배기가 가게 주인에게 등짝을 맞고 쫓겨난 뒤)

무알콜을 가게에 놔두고 뛰쳐 나오며 릴뚝배기는 잘 됐다고 생각합니다. 우선 햄버거의 값을 아꼈습니다. 그리고 아까 엄마와의 대화에서는 얻지 못했던 분노를 얻었습니다. 무알콜에게 화가 납니다.

금수저 말고는 음악만으로 성공 못 한다.

그 말은 핑계입니다. 릴뚝배기는 무알콜을 부정하기 위해서 남은 몇 시간의 삶을 바칠 겁니다. 분노에 차서 홍대 길거리를 걷습니다. 퇴근 시간이라 사람이 많습니다. 릴뚝배기는 길거리 가운데에 멈춰서 공연을 준비합니다. 음원 사이트에 들어가서 **[나는 벌레]** 앨범을 검색합니다. 그리고 2번 트랙을 재생하려는데… 댓글이 하나밖에 없는 게 눈에 띕니다.

- 한국에서 태어나서 댓글도 한 개밖에 없네;;

아까는 두 개였는데.

분명 '미국에서 태어났으면…' 같은 댓글이 달려 있었는데, '힙합의 신'에 의해 타임리프를 하면서 균열이 일어난 걸까요. 혹은 댓글을 작성했던 이가 변심하여 삭제한 걸까요.

"와아아!"

갑자기 사람들이 환호성을 지릅니다. 릴뚝배기는 주변을 둘러봅니다. 사람들의 환호는 릴뚝배기를 향해 있습니다.

내가 뭘 부를지 알고 저러는 거지?

릴뚝배기는 **[나는 벌레]**의 2번 트랙 **'친구'**를 부르기 시작합니다. 무알콜을 생각하면서 썼던 내용의 가사입니다. 물론 무알콜은 그 사실을 모를 겁니다.

"친구들이 아무리 나를 무시해도…."*

릴뚝배기는 박자를 놓치고 맙니다. 라이브에서 실수를 한 건 처음입니다. 스스로의 실수에 부끄러움을 느끼는 릴뚝배기와 달리, 지켜보는 사람들은 계속해서 좋은 반응을 보여줍니다. 홍대의 한 풍경을 휴대폰에 담듯이 릴뚝배기를 촬영합니다.

릴뚝배기는 랩을 멈춥니다.

거리에는 릴뚝배기를 지켜보는 사람들의 카메라 촬영 효과음만 남습니다. 릴뚝배기는 이상하다고 생각합니다. 아까 엄마에게서 느껴졌던 따듯함과 마찬가지의

* [나는 벌레]에 수록된 곡 '친구'의 가사 일부. 역시나 반어법이 인상 깊은 곡이다.

이상함입니다. 이번에도 '힙합의 신'이 장난을 치는 걸까요.

당연히 아무도 관심이 없을 줄 알았는데.

그 모습을 무알콜에게 공유하면서 함께 자폭하고자 했습니다. 하지만 지금 자신에게는 지켜봐주는 팬들이 있습니다. 무알콜과 함께 만든 노래를 Youtube에 올렸는데 릴뚝배기만 잘한다는 댓글이 달렸을 때와 같은 기분입니다.

때마침 전화가 왔습니다. 무알콜입니다. 릴뚝배기는 그래도 햄버거의 값을 줘야겠다고 생각하며 전화를 받습니다. 내심 지금 이 자리에 무알콜을 초대하고 싶은 욕심도 들었습니다.

"나 너 봤다."

"뭘 봐."

"공연하는 거. 연예인 다 됐네."

무알콜은 릴뚝배기를 따라왔던 모양입니다. 잘됐습니다. 릴뚝배기는 그렇다면 자신이 증명한 결과물을 목

격했냐고 묻고 싶습니다. 하지만 릴뚝배기가 자랑하기 전에 무알콜이 선수 칩니다. 언제나 그랬듯이 분위기 좋은데 찬물을 붓습니다.

"그 사람들이 네 진짜 팬은 아닌 것 알지?"

릴뚝배기는 그의 목소리가 어딘가 이상하다고 생각합니다. 햄버거 가게에서 대화했던 목소리와 다릅니다. 훨씬 톤이 낮습니다. 이게 원래 무알콜 목소리였던 것 같기도 하지만… 모르겠습니다.

지금은 그저 짜증납니다. 주변에 몰려 있는 사람들 때문에 머리도 아픕니다. 공연도 끝났는데 뭐가 그렇게 좋은지 사진을 찍어댑니다. 하지만 지금 무엇보다 짜증이 나는 건 무알콜입니다.

릴뚝배기는 무알콜의 주둥이를 닫아버리고 싶습니다. 그래서 릴뚝배기는 생각을 바꿉니다. 친구와 자폭하지 않을 겁니다. 릴뚝배기는 주변을 둘러보며 말합니다. 조금 전까지는 '가짜 팬'처럼 느껴졌던 이들이 지금은 천군만마입니다.

"너는 가짜 팬이라도 있고?"

그 순간 어디선가 '힙합의 신' 목소리가 들려옵니다.

가짜 팬이라도 있으면 다행이지.

순식간에 주변이 뭉그러집니다. 홍대 길거리에 있던 릴뚝배기는 어느새 호텔 로비 같은 곳으로 와 있습니다.

TAKE2.5. 팬

그리고 그곳에 '힙합의 신'이 있습니다.

"그러니까 이제 만족하지?"

"네."

"릴뚝배기 이제 죽어도 되지?"

이렇게 친절한 신이 있을까요. 만족했느냐고 확인합니다. 릴뚝배기는 만족했을까요? 당연히… 그렇지 않습니다. 무알콜이 마지막에 했던 말이 신경 쓰입니다. 계속해서 자신을 질투하는 게 화가 납니다. 설령 릴뚝배기의 계획대로… 자신이 죽은 뒤에 **[나는 벌레]**가 재평가

된다고 해도… 그건 무알콜에게만 좋을 짓입니다.

"저 아직도 미련이 남아요."

"흠. 기회는 얼마든지 줄 수 있지만."

'힙합의 신'은 입고 있는 망토를 신비롭게 여미면서 말합니다.

"시간이 되려나."

여섯 시간.

그 안에 할 수 있는 게 뭐가 있을까요. 아니, 릴뚝배기는 자신이 하고 싶은 일부터 짚어봅니다. 이런저런 아이디어들이 떠오르지만, 결국에는 한 단어로 요약됩니다.

성취에 대한 확인.

릴뚝배기는 의미 있는 죽음을 맞고 싶습니다. 하지만 이딴 방식으로는 안 됩니다. 릴뚝배기는 여태껏 자신이 스스로를 속이고 있었다는 사실을 깨달았습니다. 죽고 나서 잘되는 건 아무런 의미가 없습니다. 릴뚝배기는 살아 있을 때 성공의 느낌을 맛보고 싶습니다. 그 성공이란 간단합니다. 힙합 아티스트로서 성공입니다.

여섯 시간 안에 새로운 팬을 만들기는 현실적으로 어렵습니다. 하지만 이미 존재하는 팬들을 만나기에는 충분한 시간입니다. 릴뚝배기는 자신의 진짜 팬을 만나고 싶습니다. 버스킹이라면 무조건 환호해주는 대중이 아니라… 자신의 작업물을 심혈 기울여서 감상해줬던 리스너라면 누구든 괜찮습니다. 댓글로 **'릴뚝배기는 미국에서 태어났어야 한다.'**라고 지랄했던 놈이나, 사인 해달라고 해놓고 자기 사인펜 없다면서 같이 다이소 가자고 했던 놈도 좋습니다.

그들과 대화를 하면서 '금수저가 아니라면 음악만으로 인정받을 수 없다'라는 친구의 말을 부정하고 싶습니다. 그래서 힙합을 사랑하던 자신의 삶에 의미가 있었다는 사실을 확인받고 싶습니다.

"제 팬을 찾고 싶어요."

릴뚝배기는 욕망을 '힙합의 신'에게 전합니다.

"그래."

'힙합의 신'은 시간을 뒤로 돌리기 시작합니다. 어느

새 릴뚝배기는 다시 홍대 거리에 서 있습니다. '힙합의 신'이 문워크를 추면서 시야에서 사라집니다.

2부

조헤드의 멋진 하루 上

PM 6:00

내 아마추어 시절 팬들아. 정말 미안.

얼마 없는 너희 챙기려고 노력 많이 했다. 너네들이 내 앨범은 안 구매해도, 뮤직비디오에 **'릴뚝배기 미국에서 태어났으면 전세기 끌고 다녔다' '한국에서 태어나서 안타깝다…'** 같은 댓글을 달아주면 나도 일일이 대답했다. 감사합니다. 큰 힘이 됩니다.

하지만 솔직히 큰 힘 안됐다. 어쩌란 건가 싶었다. 다시 태어날 수도, 굶어 죽을 수도 없는 노릇인데. 나도 먹고는 살아야 했다.

그래서 힙합 오디션에 접수했지. 한때 내가 디스 곡까지 발표했던 방송 프로그램이지만, 그건 릴뚝배기 시절일 뿐. 나는 그 예명을 버리고 조헤드라는 이름으로 오디션에 참가했다. 나만 이런 짓 하는 건 아니니 괜찮다고 생각했다.

문제는 내가 1등을 차지해버렸다는 것이다.

말 바꾼 래퍼는 많았지만, 말 바꿨다가 우승까지 해버린 래퍼는 내가 최초였다. 곧바로 방송국과 대형 기획사의 도움을 받았다. 전세기는 몰라도 전동 킥보드 정도는 끌 수 있는 재력을 얻었다.

나는 분명 행복한 사람이었다. 이따금 내 아마추어 시절 팬들이 댓글을 도배하지만 않았다면.

- 릴뚝배기도 타협;;

- 개털일 땐 다 까더니 생기니 변하는구나.

혹은 내가 그들의 말을 무시할만한 멘탈을 갖고 있었다면.

하지만 나는 그럴만한 위인이 못 됐다.

심지어 조헤드의 정규 1집 **[나비 효과]** 발매를 하루 앞둔 오늘까지도 댓글을 찾는다. 앨범 기대된다는 칭찬 사이에 몇 개의 비난이 존재했다. 이게 나의 문제라는 건 안다. 경관 좋은 숲에 도착한 와중에 굳이 벌레를 찾는 꼴이니까. 하지만 그 습관에는 분명한 이유가 있다.

나도 한때 벌레였거든.

아무리 협찬 옷으로 치장하고, 나 이제 성공했다는 식의 가사를 써도… 머릿속에서 아마추어 시절은 지워지지 않는다. 여기에서 아마추어 시절이란 분노를 의미한다.

당시 나는 항상 화나 있었다.

방송국에게. 힙합 팬들에게. 친구들에게. 엄마에게. 나에게.

PM 7:00

무엇보다 음악에게.

지금도 보라. 오후 여섯 시에 발매된 음원들을 포함한

마카롱 실시간 차트가 업데이트 됐다. 상단에는 대형 기획사의 아이돌 혹은 방송국 오디션 프로그램의 경연곡이 전부다. 옛날에는 그런 걸 보면 화가 났지만, 이제는 그럴 수 없다. 그중에 내 음악도 있기 때문이다.

하지만 지금 내가 마카롱에 들어간 건 자기 검열을 위해서가 아니다. 내 오랜 친구인 무알콜이 발매한 신보 **[나는 벌레]**를 듣기 위해서다.

친구의 앨범은 메인 화면에 없었다. 그렇기에 검색을 해서 들어가야 했다. 마침내 나비가 그려진 앨범이 등장했다. 댓글은 한 개가 있었다.

- 얘는 미국에서 태어났어야 한다.

나는 그 문어체가 익숙했다. 저것은 분명 나에게 댓글을 자주 달았던 사람이었다. 그가 무알콜의 음반에까지 흔적을 남긴 것이다. 비록 이제 내 음반은 아니지만, **[나는 벌레]**에 그런 코멘트가 달린 게 반갑지 않았다.

그렇다고 무알콜을 칭찬하는 댓글을 남기고 싶지는 않았다.

고민하다가 나는 댓글을 남겼다. 물론 익명으로.

- 한국에서 태어나서 댓글도 한 개밖에 없네;;

거기까지면 됐다.

굳이 노래를 들을 필요는 없다. 이미 지겹도록 들었다. 원래 **[나는 벌레]**는 무알콜과 나의 합작 앨범이 될 예정이었으니까. 작품은 작년에 완성했지만, 녹음과 발매할 비용이 없었다. 무알콜은 울었다. 이제 나이도 20대 중반인데 아빠한테 손 벌려야할지 모르겠다고 토로했다. 나는 친구에게 말했다.

"야. 어쩔 수 없다. 내가 영혼 한 번 팔고 돈 벌어올 테니까 기다려라."

그리고 나는 오디션에서 우승해버렸다.

곧바로 여러 장의 계약서가 도착했다. 회사원보다 몇십 배는 많은 돈을 버는 대가로 나는 **[나는 벌레]**에서 빠져야 했다. 다행히 무알콜은 이해해줬다. 나라도 잘돼서 다행이라고. 어차피 본인은 래퍼를 직업으로 삼을 생각 없었다고. 고급 취미일 뿐.

대신 **[나는 벌레]**는 자신이 단독으로 발매하겠으며, 나는 홍보라도 해달라고 부탁했다. 어느새 60만 명이 팔로우 중인 내 인스타그램 계정에 게시물이 올라오면 그래도 60명은 듣지 않겠냐고.

"근데 내가 인스타 올리기 전에 회사한테 한 번 보고는 해야 한대서…."

"너 아이돌 다 됐다."

그날부로 무알콜과 인연을 끊었다. 어느새 일 년이나 지난 일이다. 그사이 나는 각종 예능프로그램과 Youtube 콘텐츠에 출연하며 인기를 굳혔다. 가끔씩 방송에서 "근데 조헤드씨! 언더그라운드 시절에는 꽤나 살벌한 가사를 쓰셨더라고요!"라는 질문을 받으면 "철없던 시절이었죠."라고 무마했다. 사람들은 웃었다. 나도 웃었다.

하지만 항상 웃을 기분은 아니었기에, 남몰래 비밀 계정을 만들었다. 그 계정으로 종종 무알콜의 인스타그램을 염탐했고, 오늘 드디어 **[나는 벌레]**가 발매된다는 사실을 알았다. 발매 소식을 알리는 게시물에는 '앨범 나오자마자 들어보겠다!'라는 댓글이 스무 개나 있었으나, 막상 발매된 앨범에는 역시나 아무런 반응이 없다.

누군가 남긴 **'미국에서 태어났어야 한다.'**라는 이야기와, 내가 남긴 **'한국에서 태어나서 댓글도 한 개밖에 없네;;;'**라는 반응뿐이었다. 그걸 보며 나는 느꼈다.

[한국에서 태어나서 ㅈ 같다]

그 생각을 인스타그램 비밀 계정에 업로드 하고, 기분 전환을 위해 목욕을 했다.

PM 7:18

그로부터 18분 뒤. 이사님이 전화를 걸어와서 내 포스팅이 비밀 계정이 아닌 공식 계정으로 올라갔다는 사실을 알렸다. 다급하게 글을 삭제했으나, 이미 박제된 채로 이곳저곳에 떠돌아다닌 뒤였다.

PM 7:42

덕분에 한국인들이 얼마나 부지런한지 체감하는 중이다.

내가 포스팅을 올린 지 한 시간도 안 됐는데, 그 실수를 토대로 제작한 영상과 기사들이 몇백 개는 쏟아졌다.

[속보] 조헤드. 개인 SNS 계정에서 한국 비하 논란…

인기 믿고 나대다가 본성 나온 조헤드… 언더 시절부터 확실했던 징조

전화가 걸려왔다. 이번에도 이사님이었다.

조금 전에는 허허 웃으면서 자기도 한국에서 사는 거 짜증난다고 했던 분이 잔뜩 흥분해 있었다. 이 정도의 반발이 생길 줄은 몰랐던 모양이다. 그건 나도 마찬가지다. 내일 예정돼 있던 방송국 쇼케이스까지 취소될 위기라는 소리에 나는 당황했다.

"그럼… 이제 어떡하죠?"

"어떡하긴. 빨리 처나와."

"네. 마침 방금 다 씻었습니다."

"회사 말고 GBS로 와. 사과 멘트 생각하고."

PM 8:44

“물의를 일으켜서 죄송합니다, PD님….”

내가 말했다. 그리고 우리 회사 측 협상단은 다 함께 고개를 숙였다. 그래 봐야 나, 이사님 그리고 아트 디렉터 누나까지 세 명이지만.

“죄송합니다….”

“아니, 죄송하면… 그 포스팅이 진심이었다는 거야?”

“죄송합니다….”

“죄송은 필요 없고 말을 하라니까. 너 한국에서 태어나서 좆 같아?”

정말로 궁금해서 물어보는 게 아닐 터다. 그저 반복되는 표현으로 분노를 해소하려는 거겠지. 짜증나긴 하지만 명백히 원인을 제공한 게 나니까 받아들이겠다. 하지만 회사의 입장은 다른 모양이었다. 아니, 다를 수밖에 없지.

“쇼케이스는 취소다. 너 말고도 기회 줄 사람 많아.”

PD님의 말에 이사님과 아트 디렉터 누나는 사색이

됐다. 이사님은 무릎까지 꿇고 애원했다.

"애 취소되면 우리 회사 전체가 넘어갑니다. 연습생 애들도…."

"연대책임이지."

이사님은 나를 흘겨봤다. 뭐라도 해보라는 표정이었지만, 할 줄 아는 게 랩밖에 없어서 죄송하다.

그 순간이었다.

"하…. 어쩔 수 없이 말씀을 드려야겠군요."

아트 디렉터 누나가 말했다.

"노이즈 마케팅이었습니다."

네?

"속으셨죠? 사실은 우리 회사에서 '**한국에서 태어나서**'라는 깜짝 프로젝트가 진행 중이었거든요. 헤드가 이제까지 만났던 사람들에게 고마운 마음을 표현한 노래고, 뮤직비디오도 쇼케이스에서 공개하려고 했어요. 그 고마운 사람 중에 PD님도 당연히 있어서, 더 서프라이즈하려고 이제야 말씀드리는 거예요."

PD님은 머리를 긁적였다. 그리고 휴대폰으로 시간을 확인한 뒤, 이렇게 말했다.

"세 분 저녁은 드셨는감?"

PM 9:23

"근데 아무리 노이즈 마케팅이래도… 좆 같다라는 욕은 꼭 했어야하나?"

"헤드가 언제 좆 같다라고 했나요? ㅈ 같다고 했잖아요!"

"오. 그러면 그 ㅈ에 여러 가지 해석이 존재할 수 있는…!"

"네~! 맞습니다!"

"PD님. 얘가 우리 회사 에이스입니다. 말 잘하죠?"

세 분이 떠드는 동안 나는 열심히 고기를 뒤집었다. 그리고 타자 치기 귀찮아서 좆 같다를 ㅈ 같다고 썼던 게 참 다행이라고 생각했다.

PM 11:33

2차로 치킨까지 먹은 뒤에야 우리는 회사로 돌아올 수 있었다.

아트 디렉터 누나는 곧장 사무실로 들어갔다. 이사님은 긴장이 풀렸는지 소파에 털썩 누웠다. 나도 옆에 앉으려 했는데, 갑자기 내 허벅지를 발로 차신다.

"뭐 하냐. 너는 노래 만들어야지."

"노래요?"

"너 노래 만들게 하려고 억지로 밥 먹은 거 아니야."

아트 디렉터 누나도 사무실에서 나왔다. 손에는 DSLR이 들려 있었다. 뮤직비디오 촬영을 위한 장비였다. 누나는 회사로 돌아오는 택시 안에서 계획을 다 세워놨단다. 이윽고 그 계획에 대한 브리핑이 이어졌다.

요약하자면, 이 위기를 기회로 만들자는 주장이었다. 이참에 나의 릴뚝배기 시절을 깔끔하게 청산하자고 했다.

[아트 디렉터 누나의 제안]
릴뚝배기는 오디션 프로그램에서 1위를 하며 조헤드라는 새로운 이름으로 데뷔했다.
조헤드는 희망과 자수성가를 이야기하는 아티스트다.
그런데 자꾸만 릴뚝배기 시절의 수위 높은 가사들이 조헤드의 발목을 잡는다.
지금은 몰라도, 나중에 조헤드가 국민적 스타가 됐을 때 문제가 생길지 모른다.
이번 프로젝트를 통해서 조헤드가 내면의 릴뚝배기를 죽여버렸다는 예술적 표현을 하자.
일종의 부캐 죽이기인 셈이다.

그리고 이 모든 프로젝트는 적어도 내일 오후 다섯 시까지 끝나야 한다. 그래야 오후 여섯 시에 발매될 음원과 진행될 쇼케이스에 반영이 될 수 있으니까. 대략 열여덟 시간이 남았다. 그 안에 음원과 뮤직비디오를 완성하는 게 가능할까.

"가능하게 해야지."

아트 디렉터 누나가 말했다. 그리고 누나는 어딘가로 전화를 걸었다. 통화 상대에게 우리 회사의 주소를 알려주며 지금 바로 와줄 수 있냐고 물었다. 그 후로도 몇 통의 전화를 더 걸었다. 본인의 연극영화과 재학 시절 인맥을 총동원하려는 모양이었다.

누나는 자신이 뮤직비디오 계획을 세울 테니, 나는 빨리 가사를 써서 곡을 완성하라고 재촉했다. 본격적인 **'한국에서 태어나서'** 프로젝트의 시작이었다.

그리고 나는 이 모든 우연에 감탄할 수밖에 없었다.

"저 예전에 **'한국에서 태어나서'**라는 제목의 노래 만든 적 있어요."

그 노래는 **[나는 벌레]**에 수록될 예정이었으나, 내가 오디션 프로그램에서 우승하면서 무산됐다. 무알콜과 소리 없는 이별을 한 뒤, 다시는 그 노래를 들을 일이 없을 거라고 생각했는데, 벌어질 일은 어떻게든 벌어지는 모양이었다.

그런데 한 가지 문제가 있었다. 그 노래의 가사는 방송국에서 공개되기에 수위가 높았다.

"문제되는 부분만 가사를 바꿔."

이사님이 소파에 누운 채로 말했다. 실무자를 전혀 생각하지 않는 경영자였다.

"힙합은 라임 때문에 가사 몇 부분만 바꾸기 어려워요."

"그럼 힙합을 버려."

"시간이 없어요."

우리가 그러는 동안 아트 디렉터 누나는 헤드폰으로 내 노래를 들었다. 나는 내심 긴장했다. 이사님과 대화하는 척하면서 누나의 표정을 관찰했다. 누나는 집중해서 듣더니, 어느 부분에서는 피식하고 웃었다. 그게 나를 기쁘게 만들었다.

"다 들었다."

아트 디렉터 누나가 헤드폰을 벗었다.

"뼈가 있는 노래네. 수위가 높지만, 그대로 가져가고, 마지막에 한 줄만 더하자. 어차피 너 가사 쓰라고 하면 또 못 쓴다고 끙끙 앓을 거잖아."

"뭐라고 더해요?"

"여태까지 이렇게 생각했지만… 이제는 아닙니다. 이런 식으로?"

이사님이 소파에서 일어나며 말했다.

"좋아. 녹음 고고."

PM 11:59

"하지만…. 이젠 아니야. 여러분들 덕분에… 나는 한국이 좋아!"

AM 01:00

음원이 완성됐지만, 어느새 새벽 한 시다.

피곤함을 느끼며 사무실로 올라오니, 아까와 달리 사람들이 많았다. 모두 누나가 호출한 스태프들이었다. 한 명씩 자기소개하면 좋겠지만, 그러기엔 1분 1초가 모자랐다. 누나가 대표로 어떤 남자를 소개했다. 어딘가 익숙하다 했더니, 지난번에 식당에서 마주쳤던 누나의 남자친구였다.

그때는 간단하게 눈인사만 했지만, 지금은 일일 동료였다. 누나가 중개를 해줬다. '백조'라는 예명을 사용하고 있는 형은 대학교에서 유아교육과를 전공했고, 덕분에 현재 독립영화계에서 잘 나가는 단역 배우로 활약 중이란다.

"잠시만요. 말이 앞뒤가 안 맞지 않아요?"

"응? 뭐가?"

"유아교육과랑 연기랑은 접점이 없잖아요."

"아니야. 오빠는 유아교육과를 전공했기 때문에 연기를 더 잘해."

이해는 못했지만, 고등학교도 중퇴한 내가 지적할 일

은 아니겠다 싶어서 가만히 있었다. 무엇보다 나는 이들에게 감사한 입장이었다. 그래서 고개를 꾸벅 숙이며 악수를 청했다. 백조 형이 단단한 손으로 악수를 받아주었다.

"음. 그래. 내가 너를 연기하기로 했으니까 잘 부탁한다."

"엥? 저를 연기해요?"

아트 디렉터 누나가 대화에 끼어들었다.

"아, 내가 아직 너한테는 말 안 했구나."

누나는 남은 시간 동안 우리가 촬영할 작업을 설명했다. 내 음악 **'한국에서 태어나서'**에 상응하는 뮤직비디오를 제작할 거다. 주인공은 릴뚝배기이며, 릴뚝배기는 조헤드에 의해 죽음을 맞이할 것이다. 릴뚝배기가 죽기 직전에 벌어지는 몇 시간의 기록이 주된 내용이다.

"질문 사항 더 있어?"

나는 물었다.

"대본은 어디 있어요?"

“지금부터 써야지.”

말이 끝나기 무섭게 아트 디럭터 누나가 나를 취조했다. 릴뚝배기 시절에 기분이 어땠는지. 그때 소원이 뭐였는지. 수명이 여섯 시간 남았다면 무얼 할 것 같았는지. 갑자기 쏟아지는 질문을 들으며 나는 한 가지 생각밖에 안 들었다.

“오늘 안에 끝낼 수 있을까요?”

“그럼.”

아트 디렉터 누나는 확신에 차 있었다.

“우린 한국인이잖아.”

AM 01:13

다 함께 우리 집으로 이동했다.

AM 02:10

“아이고, 여러분 반갑습니다. 조금만 더 일찍 알았으면 청소라도 해놨을 텐데….”

호텔가서 자고 있으라고 했건만. 엄마는 집에 남아서 우리를 반겼다. 심지어 요리까지 해놓았다. 식탁에는 닭볶음탕, 삼겹살 등의 한식이 가득했다. 엄마는 직접 만들었다고 자랑했다. 웃고 있는 엄마는 칭찬을 갈망하는 열일곱 살 고등학생 같았다.

거기에다 대고 바쁘다고 할 수 없었다. 우리는 식탁에 둘러앉았다. 나무젓가락을 들고 늦은 식사를 했다. 나는 닭볶음탕을 먹었다. 한 입 먹자마자 알 수 있었다. 이거 다 요 앞에 상가에서 배달시켰네.

나는 굳이 고발하지 않았다. 샘플링이라고 생각하자 싶었다. 어차피 내가 대화에 끼어들 틈도 없었다. 엄마가 대화를 지배하고 있었다. 아트 디렉터 누나와 스태프들에게 열심히 나를 자랑했다. 내가 힙합 오디션 결승전에서 선보였던 무대에 대한 공감을 요구했다.

"그 무대 진짜 감동이었죠?"

"네, 그럼요~."

아트 디렉터 누나는 회사에서 수련한 사회생활 스킬

로 엄마의 얘기를 받아주었다. 안 그래도 이사님이 최근에 '햄버거 가게' 오픈했다고 툭 하면 자랑하는데… 그것에 비하면 엄마의 자랑은 겸손한 편이었다.

적어도 돈 달라는 소리는 아니니까. 오히려 그 반대지.

"우리 아들 돈 벌게 해주셔서 감사해요."

"아하하하. 이제 시작이죠. 내일 앨범도 나오는 걸요."

사람들이 떠드는 사이에 나는 문자를 보냈다. 무알콜에게 요즘 잘 지내냐고, 확인하면 전화 달라고 부탁했다. 친구가 **'한국에서 태어나서'** 뮤직비디오에 출연한다면 내 인스타그램 게시물보다 더 큰 홍보 효과를 누릴 수 있을 것이다.

나는 친구를 초대하고 싶었다.

기회를 주고 싶었다. 그것은 어쩌면 **[나는 벌레]**가 조명되기를 바라는 마음이었다. 나는 여전히 **[나비 효과]**보다 **[나는 벌레]**가 나와 어울리는 작업이라고 생각했다. 만약 내가 힙합 오디션에 나가지 않았다면 어땠을까. 자꾸만 그 미래를 상상해보게 됐다. 조헤드가 아니라 릴뚝배기로서의 삶.

배부른 소리다.

AM 02:22

"촬영 시작하자."

"연습 안 해요?"

"괜찮아. 어설픈 대로 웃길 거야."

AM 02:25

화장실 거울에 내 모습이 비쳤다. 새하얀 목욕 가운을 입고 있는 스스로의 모습이 우습다. 얼굴에 비비크림을 바른 꼴 역시 전혀 힙합답지 않다. 만약 힙합이 나를 본다면 비웃을 게 분명했다.

하지만 어쩔 수 없다. 나는 이제 연예인이다. 더 이상 힙합을 사랑할 수 없다. 힙합과의 관계를 포기한 대신 많은 동료를 얻었다. 아트 디렉터 누나가 데려온 스태프가 내가 입고 있는 목욕 가운 안쪽에 마이크를 달아줬다. 또 다른 스태프가 촬영 준비 끝났다는 표시를 했다.

검은 망토를 두른 백조 형이 내 앞에 섰다.

아트 디렉터 누나가 슬레이트를 쳤다.

"인트로. 촬영. 헤드야, 5초 뒤에 시작해!"

AM 02:26

"릴뚝배기야. 넌 이제 뒤졌다."

"누구신데요?"

"나는 너의 신이다."

"신이요?"

"네가 기도했던 내용을 잊었느냐."

백조 형이 성큼성큼 내 앞으로 왔다. 형의 표정이 심각하게 근엄해서 하마터면 피식 웃을 뻔했다. 하지만 NG 한 번 당 여기 계신 분들의 퇴근 시간이 최소 5분씩은 미뤄질 것이기에, 나는 책임감을 느끼며 오른쪽 입술을 깨물었다.

"너를 뒤지게 해주려고 왔다."

"잠, 잠시만요."

그리고 시나리오에 적혀 있는 대로 뒷걸음질을 쳤다. 내가 세면대에 기대면 백조 형이 기회를 주겠다고 말하면 됐다.

그런데 무언가 밟혔다.

목욕 가운이었다. 나는 중심을 잃고 휘청거렸다. 공중에 떠 있는 아주 잠깐의 시간 동안 아트 디렉터 누나를 원망했다. 평범한 반팔, 반바지 입고 촬영하자니까… 굳이 목욕 가운을 고집한 건 아트 디렉터 누나다. 누나는 내 키가 작아서 목욕 가운이 바닥에 끌리는 모습을 팬들이 귀여워할 거라고 주장했다.

덕분에 아주 귀엽게 고꾸라진 나는… 세면대에 기대지 못하고 부딪쳤다. 그 상태로 화장실 바닥에 엎어져서 신음을 흘렸다. 곧장 일어나려했지만 어깨가 아팠다. 나는 고통을 참기 위해 왼쪽 입술을 깨물었다. 백조 형의 당황한 얼굴이 보였다. 형은 나를 부축해야 할지 연기를 이어나가야 할지 갈팡질팡했다.

"이건 시나리오에 없었는데…."

명백한 NG 상황이었다. 하지만 아트 디렉터 누나는 촬영을 중단시키지 않았다. 침묵을 신호로 알아들은 백조 형은 연기를 이어나갔다. 릴뚝배기에게 마지막 하루를 살아갈 기회를 주겠다고 말했다.

나는 비틀비틀 일어났다. 그리고 기회를 주는 이유가 뭐냐고 물었다.

이제 백조 형이 의미심장하게 웃으며 카메라 앵글 밖으로 사라질 차례였다. 그런데 형은 사라지지 않았다. 가만히 서서 무언가를 고민했다.

"나도 힙합 좋아하거든."

"네?"

"나는 사실 '힙합의 신'이야."

애드리브를 할지 말지 고민하던 거였다. 결국 내뱉어진 '힙합의 신'이라는 애드리브를 들으면서 나는 민망했다. 영상이 공개됐을 때 내 아마추어 시절 팬들이 뭐라고 욕을 갈길지 벌써부터 무서웠다. 두통이 일었다. 백조 형이 문워크를 추면서 카메라 앵글 밖으로 나갔고, 나는 아트 디렉터 누나가 빨리 촬영을 끊어주기를 바랐다.

(전화 벨소리)

하필 그 순간 또 전화가 왔다. 무알콜이었다. 내 휴대전화 벨소리인 노래 '롤린'이 집안 가득 울렸다. 층간소음 민원이 들어오면 어쩌나 걱정될 정도로 큰 소리였다. 나는 황급히 휴대폰을 꺼냈다.

그 과정에서 목욕 가운이 펄럭이는 바람에 내 복부의 맨살이 노출됐다.

그런데도 누나는 리얼리티를 중시하는 다큐멘터리 감독마냥 계속해서 촬영을 이어나갔다. 나는 울고 싶은 기분으로 전화를 받았다.

"한국에서 태어나서 좆 같지?"

"갑자기 뭔 소리야."

"나도 좆 같아. **[나는 벌레]** 발매된 거는 아냐?"

내 쇄골에 마이크가 있어서 무알콜의 통화 소리가 다 녹음이 되고 있는 상황이었다. 나는 아무 말도 못 했다. 딜레마였다. 알고 있다고 대답하면 연락 한 통 안 했냐고 까이고, 모른다고 하면 어떻게 그걸 모를 수가 있냐고 씹힐 상황이었다.

아무튼 내가 욕을 먹는 모습이 촬영될 거였다.

영상 파일은 편집을 하면 되지만… 사람들의 기억은 내 마음대로 삭제를 할 수 없지 않는가.

"네가 제일 쓰레기야!"

하지만 내가 대답을 고르기 전에 무알콜이 제 분을 못 이기고 전화를 끊었다.

"컷!"

아트 디렉터 누나는 전화가 끊기니까 촬영을 끊었다. 당한 느낌이었다. 나중에 내가 회사랑 재계약 안 한다고 할 때 이 파일을 협박 자료로 쓰지 않겠지.

AM 02:40

"헤드야. 친구 못 오는 거지?"

"안 오는 것 같아요."

"그럼 어쩌냐."

계획했던 시나리오를 수정해야 했다. 원래는 동료인 무알콜과 함께 진솔한 대화를 나누는 릴뚝배기의 모습을 상상했다. 하지만 무알콜이 안 온다고 하니 상상을 카메라에 담을 수 없었다.

물론 안 온다고 직접 말한 건 아니지만, 쓰레기하고 함께 작업을 하고 싶지는 않을 터이니 나는 적절하게 빠져주었다. 당장 나에게는 무알콜과의 관계보다 더 급한 문제도 있었다.

"누나, 근데 아까 그 찍은 거… 진짜 그대로 쓸 거예요?"

"왜. 연기 아쉬워?"

"아니요, 제 뱃살 나왔는데. 괜찮을까요."

사실은 뱃살뿐만이 아니다. 우스꽝스럽게 넘어지는

모습. '힙합의 신'이라는 멘트. 다시 생각해도 뻘쭘하지만… 나는 그런 지적을 할 자격이 없었다. 지금 이 촬영을 진행하는 건 전적으로 내가 인스타그램 게시물 하나를 잘못 올렸기 때문이다.

"에이, 괜찮아."

"후우. 정말 그렇겠죠?"

"원래 뻘쭘한 상황이 펼쳐져서 웃음을 자아내는 연출은 우리나라 특성이야."

아트 디렉터 누나는 우리나라 CF 광고를 예시로 들었다. 제품 설명을 과하게 한 뒤에, 연예인이 민망해하면서 "촬영 끝났죠?"라고 되묻는 광고를 한 번쯤은 본 적 있지 않은가. 거기에서 웃음이 발생하는 이유가 무엇일까. 특별하게 느껴지는 연예인도 평범한 민망함을 느낀다는 공감대 덕분이다.

이처럼 아트 디렉터 누나는 대중들도 나의 인간적인 모습에 즐거워할 거라고 알려줬다. 내가 특별해서가 아니다. 이것은 현실과 예술 작품의 경계에서 벌어지는 균열을 웃음으로 자아내는 방법이다. 연극영화학에 존재하는 '소외 효과'라는 개념이다.

나한테 소외하면 드렁큰 타이거의 명곡 '소외된 모두 왼발을 한 보 앞으로'인데… 누나가 연극영화과 출신인 게 실감났다. 나도 힙합과에 다녔으면 좋았을 텐데. 그랬다면 무알콜 말고도 언더그라운드 시절 동료들이 있었을 텐데.

지금 나는 마땅히 불러낼 만한 동료가 없다. 그것은 곧 진짜 친구가 없다는 의미이기도 하다. 지금 내 주변에 사람들이 많기는 하지만… 모두 가짜 친구들이다. 내가 잘되고 나서, 나에게 원하는 게 있어서 가까워진 이들 아닌가.

"다른 아이디어는 있어?"

아트 디렉터 누나가 물었다. 아이디어가 없어도 짜내야 하는 상황이었다. 머리가 아팠다. 머리가 아프니까 아까 다쳤던 어깨가 더 욱신거렸다. 나는 본능적으로 어깨를 문질렀다. 아트 디렉터 누나는 그제야 아까 넘어진

곳 괜찮냐고 걱정해줬다.

“흑, 아파요.”

“어머니가 지금 파스 사러 나가셨어.”

“네? 누구 어머니요?”

AM 02:45

엄마가 돌아왔다. 손에 검은 비닐봉지를 들고 있는 채였다. 안에는 파스뿐만 아니라 비타민 음료, 자양강장제, 과자 등이 있었다.

엄마는 제일 먼저 파스를 내 어깨에 붙여줬다. 시원한 느낌과 함께 내 안에 응어리져 있던 무언가가 풀리는 기분이 들었다. 그것은 엄마에 대한 원망이었다.

지난 십 년 간 쌓아왔던 감정이 파스 한 장으로 풀리다니.

사람 마음이란 참 알 수가 없다. 나도 나를 잘 모르겠다. 내 동료들에게 일일이 찾아다니며 응원을 건네는 엄마에게 고마움을 느낀다.

"제가 또 도와드릴 건 없을까요?"

물론 조금 전에 느꼈던 고마움과는 별개로… 나는 부디 엄마가 가만히 있어주기를 바랐다. 어차피 엄마는 힙합, 음악, 뮤직비디오 같은 것들을 잘 모른다.

그런데 아트 디렉터 누나가 엄마에게 부탁을 했다.

"어머니, 연기 해보신 적 있으세요?"

AM 03:00

화장을 마친 엄마가 마루로 나왔다. 엄마의 눈썹이 번들거렸다. 입술도 씰룩거렸다. 난생 처음으로 받아본 연예인 메이크업에 기쁜 눈치였다. 나는 가족의 직감으로 그것을 알아차릴 수 있었다.

"대본도 있나요?"

"아니요, 대본은 따로 만들지 않았어요."

아트 디렉터 누나는 우리가 예술적인 의도를 갖고 대본을 안 만든 것처럼 설명했다. 사실은 시간이 없어서 안 만든 거지만, 원래 우기면 장땡인 게 이 바닥이었다.

“그러면 어떻게 해요?”

“상황만 드릴 건데, 그거에 맞게 표현해주시면 돼요.”

> [‘한국에서 태어나서’_TAKE1]
>
> 릴뚝배기는 엄마에게 자신의 음악을 들려 준다.
>
> 음악은 엄마를 비판하는 내용이다.
>
> 가사를 들은 엄마는 정신 차리고 밝은 노래 쓰라고 등짝 스매시를 때린다.
>
> 그날 릴뚝배기는 조헤드라는 아티스트로 다시 태어난다.
>
> 원래 그 어떤 객기도 엄마의 등짝 스매시 앞에서는 정리된다.

물론 나는 그렇게 생각하지 않는다. 과거에 나는 등짝 스매시를 맞고도 꿋꿋이 힙합을 했다. 고집해서 고등학교를 자퇴했다. 또한 이 영상이 어려운 환경 속에서 꿈을 쫓는 이들을 가볍게 비웃는 것처럼 느껴질까 봐 걱정이 되기도 했다.

하지만 이건 대중문화 콘텐츠일 뿐이다. 큰 의미를 둘 필요 없다. 큰 생각을 담을 필요 없다. 패스트푸드 같은 거다. 나는 합리화를 하면서 촬영을 준비했다. 조금 전에 연기를 한 번 해본 덕분에 긴장이 풀린 상태였다.

AM 03:02

나는 엄마를 바라봤다.

엄마는 연기를 시작했다.

AM 03:03

"같이 들어보자!"

엄마의 엄청난 연기력을 보고 나는 다시 긴장을 하기 시작했다. 엄마의 연기력을 엄청나다고 묘사한 이유는… 그동안 엄마가 단 한 번도 내 음악에 저런 기대 가득한 눈빛을 보내준 적이 없기 때문이다.

어느새 촬영은 릴뚝배기가 랩을 시작하기 직전까지 전개되었다. 내가 엄마를 향한 랩을 심각하게 부르면, 엄마가 명료하게 등짝을 때리면서 '컷'이 전환될 예정이었다. 등짝을 맞고 사망한 릴뚝배기가 조헤드로 다시 태어나게 되는 막장 엔딩이었다.

내가 랩을 하면 됐다.

[나는 벌레]에 수록될 예정이었던 verse를 부르면 됐다. 무알콜의 단독 앨범이 된 **[나는 벌레]**의 나머지 반쪽을 들려주면 됐다. 하지만 쉽사리 목소리가 나오지 않았다. 힙합 오디션 결승전에서도 이 정도로 긴장되지는 않았다. 그때는 '거짓말 한 번 하고 말자'라는 마음이었다면, 지금은 '진실 되어야 한다'라는 이상한 강박이 차올랐다.

"왜? 엄마한테 직접 불러주려니까 부끄러워?"

내가 머뭇거리자 엄마가 애드리브를 했다. 엄마는 계속 밝은 표정이었다. 곧 정색하고 내 등짝 때리셔야 할 텐데….

"네? 제가 무슨 노래 부를 줄 알고요."

"나 생각하면서 쓴 노래 부를 거 아니니?"

그 순간 나는 엄마가 상황을 잘못 이해하고 있다는 것을 깨달았다. 엄마는 내가 힙합 오디션 결승전에서 불렀던 노래를 다시 한 번 부르는 컨셉으로 이해하고 있었다. 그도 그럴 것이 내가 결승전에서 불렀던 노래와 지금 부르려는 노래는 제목이 같다.

둘 다 **'가족'**이다.

다들 내가 엄마더러 미안하다고 전하는 가사에 감동받았다. 하지만 그것은 사실 **[나는 벌레]**에 수록된 **'가족'**과 같은 창작 의도를 갖고 있었다. 나는 엄마에게 복수하는 마음으로 가사를 썼다. 내가 미안하다고 하는 만큼 엄마도 나에게 미안하기를, 그래서 죄책감을 갖기를 바랐다.

나의 복수는 성공했다.

엄마는 뒤늦게 나를 인정했다. 내가 힙합을 할 만한

놈이었다는 것을 말이다. 그렇다고 내 마음이 후련해지지는 않았다.

AM 03:04

"고맙네요, 참 고맙네요, 어머니."*

"아들이 내 생각 참 많이 했구나."

"그래. 엄마가 힙합 하지 말라 했던 때 항상 생각했죠."

"사실은 나 이렇게 잘할 줄 알고 있었단다."

"네?"

AM 03:33

우리는 집을 나왔다. 엄마는 굳이 주차장까지 마중나왔다. 아트 디렉터 누나는 이 정도로 연기를 잘하실 줄 몰랐다고 말하며 엄마의 어깨가 으쓱하도록 만들었다. 녹음하느라고 몇 주 못 본 사이에 아트 디렉터 누나의 "오케이!" 기준이 많이 낮아진 듯했다.

* [나는 벌레] 앨범에 수록된 곡 '가족'의 가사 일부. 반어법이 인상 깊은 곡이다.

설령 누나의 기준에서는 오케이일지 몰라도, 나는 절대로 방금 전의 촬영을 내 작업으로 삼고 싶지 않았다.

그런데 우리 지금 어디 가는 거지.

"누나. 회사 돌아가는 거예요?"

"아, 아니야. 이사님 햄버거 가게 가는 중이야."

"배 안 불러요?"

"촬영하러 가는 거야."

청년들에게 익숙한 장소인 패스트푸드 가게를 배경으로 두 언더그라운드 아티스트(릴뚝배기&무알콜)의 대화를 담자고 설명하는 누나는 방금 전에 우리 집에서 삼십 분 동안 촬영한 기억을 지운 듯했다.

"촬영 이미 했잖아요."

"그건 연습이었고. 이사님 가게랑 우리 회사도 홍보하는 겸 진짜 촬영 가야지."

나로선 다행인 상황이었다. 마치 내가 힙합 오디션 결승전에서 선보였던 것 같은… 억지 감동을 재현하지 않아도 됐다.

다만 엄마 앞에서는 연기 잘한다고 해놓고, 뒤에서는 어차피 날릴 영상이라고 생각하고 있었던 아트 디렉터 누나에게서 섬뜩함을 느꼈다. 심지어 누나는 이 프로젝트가 단순히 영상 촬영이 아니라 나를 위한 심리 치료이기도 하다고 덧붙였다.

"어머님이랑 대화하니까 더 정신이 차려지지? 열심히 활동해야지. 언더 시절 타령은 그만 하고."

나는 물었다.

"두 번째 촬영은 언제부터 결정됐던 거예요?"

"아까 어머니 화장하시던 중에 이사님한테 문자 왔어."

"그런데도 그냥 촬영 진행한 거예요?"

"너 긴장도 풀고, 어머님도 신난 것 같기에 좋은 경험 해보시라 한 거지."

누나는 항상 웃지만, 결국에는 자신이 계획한 방향대로 상대방을 데려간다. 나는 꼼짝 없이 이사님의 햄버거 가게로 가야했다.

AM 03:39

혹시나 엄마와 촬영했던 영상을 사용하게 될 때를 대비하여 추가 촬영을 진행했다. 백조 형이 '힙합의 신'으로 분장하여 내 앞에 나타났다. 여태까지는 튜토리얼 과정이었다고 말했다.

AM 04:11

"얘들아! 햄버거 먹자!"

앞치마를 메고 있는 이사님이 우리를 반겼다. 방금 몇 인분의 한식을 먹고 온 우리로서는 그리 달갑지 않았다. 심지어 이사님은 메뉴별로 하나씩 준비했다며 우리에게 햄버거 시식을 권유했다.

아트 디렉터 누나를 통해서 말로만 들었던 이사님의 햄버거 부심을 직접 듣는 시간이었다. 이사님은 맥도날드, 롯데리아 햄버거 맛있다고 하는 사람들은 음식 맛을 모르는 거라고 비난했다. 이곳의 햄버거는 전문가들과 함께 한국인의 입맛에 맞춰서 만들었단다.

"에이. 그래봐야 햄버거 미국 음식이잖아요."

"그러면 네가 하는 힙합은 미국 꺼 아니냐?"

이사님이 시니컬하게 받아쳐서 나는 그만 입을 다물었다.

"자, 자. 빨리 촬영하고 집에 가죠."

아트 디렉터 누나가 상황을 정리시켰다. 아까 말했듯이 패스트푸드 가게를 배경으로 두 언더그라운드 아티스트(릴뚝배기&무알콜)의 대화를 담을 거란다.

"잠깐."

"잠깐만요."

이사님과 내가 동시에 아트 디렉터 누나의 말을 끊었다. 나는 고개를 숙였다. 이사님 먼저 말을 하라는 뜻이었다. 내 의도를 알아챈 이사님은 누나에게 따졌다.

"대본에도 패스트푸드라고 표현되는 건 아니지? 우리 가게 햄버거는…."

"대본에는 햄버거 얘기 안 나와요."

"햄버거 얘기가 왜 안 나와. 한 줄은 있어야지."

"그럼 메뉴 소개하는 부분 대사로 넣을게요. 알겠죠?"

그렇게 이사님의 용건이 끝났다. 다음은 내 차례였다. 나는 시나리오 자체에 의문이 있었다. 아트 디렉터 누나는 두 언더그라운드 아티스트의 대화를 담겠다고 했으나….

"무알콜이 없는데요."

"여기 있는데?"

사람들 틈에서 나와 비슷한 연령대의 남자가 나왔다. 아까 우리 집에 있을 때 계속 카메라를 들고 있던 분이었다. 그가 무알콜을 연기하기로 했단다. 그러기에는 너무 잘생긴 외모였다.

"그치? 잘생겼지? 우리 연습생이야."

"안녕하십니까! 조헤드 선배님!"

연습생이 씩씩하게 인사했다. 아니, 잠깐만…. 누나의 지인들이라고 해서 마음이 편했는데, 연습생까지 불려나온 상황이었다니. 연습생은 나에 대해서 열심히 공부했다며 의지를 드러냈다.

그게 나를 민망하게 만들었다. 나는 공부할만한 위인이 아닌데.

심지어 그가 내게 했던 첫마디는 무알콜이라면 절대 하지 않았을 말이었다.

“헤드 선배님! 이따가 같이 사진 좀 찍어주세요!”

“사진이요?”

“얘가 너 엄청 팬이거든.”

아트 디렉터 누나가 그를 소개했다. 나의 열렬한 팬이라는 그는 정말로 내가 릴뚝배기 시절에 공개했던 작업물을 꿰고 있었다. 힙합 오디션에서 우승한 나를 보고 관심이 생겨서 열심히 서칭했단다. 오죽하면 무알콜의 존재도 알고 있었다.

“**[나는 벌레]** 앨범도 듣고 왔습니다.”

“아, 그러세요….”

“헤드 선배님이 없어서 별로더라고요.”

그것은 진심일까. 그저 나를 치켜세워주기 위한 칭찬이었을까. 진심이었다면 내가 공감할 수 없었고, 칭찬이었다면 실패였다.

AM 04:25

연습생은 무알콜을 연기했다. 그가 상상하는 무알콜은 부정적인 말투를 갖고 있는 모양이었다. 그건 어느 정도 옳았다. 무알콜은 뭐만 하면 툴툴거렸다. 자기가 왜 이런 것까지 해야 하냐고 투정부렸다.

"나도 마찬가지다. 금수저 아빠한테서만 태어났어도…."

"금수저?"

"그 얘기 한 거 아니냐?"

하지만 이건 틀렸다. 무알콜은 금수저 아빠한테서 태어났다. 일류 변호사인 아버지의 신용카드를 사용하며 생활했다. 그런데 무알콜은 본인의 아버지가 최악이라고 비난했다. 돈을 위해서라면 어떤 피고인이든 죄가 없어지게 만드는 파렴치라고 누누이 말했다. 그의 얘기를 들을 때마다 나는 의문을 품었다.

"근데 너도 그 돈 쓰잖아?"

"응. 나도 먹고 살아야 하잖아."

그러면 무알콜은 부끄러워했다.

"하지만 힙합은 무조건 내 돈을 벌어서 할 거야. 이건 내 고급 취미니까."

말은 그렇게 하지만 무알콜은 아르바이트 한 번 하지 않았다. 음악만으로 돈을 벌 거라며 Youtube에 음원을 올렸다. 가끔씩 나와 함께 언더그라운드 공연을 하는 게 수익 활동의 전부였다. 그러니 음반 발매 비용이 모일 리 전무했다.

나는 무알콜에게 차라리 아버지한테 음반 발매 비용을 부탁해보자고 설득했다. 그러면 무알콜은 길길이 날뛰었다.

"그게 아빠가 원하는 거라고."

"나도 원하는 거야."

"타협하는 거라니까? 그건 힙합 아니야."

무알콜이 주장하는 힙합은 너무나도 완벽주의였다.

나는 답답했다. 몇 년 째 정규 앨범 한 장 못 내고 있지 않은가. 금수저인 무알콜은 그 돈 안 쓰겠다고 하고, 흙수저인 내가 버는 돈은 모이지 못하고 모두 생활비로 쓰인다. 우리에게는 새로운 터널이 필요했다. 나는 무알콜을 협박하고자 '너 자꾸 그러면 내가 힙합 오디션 나가서 우승해버린다'라고 했다. 무알콜은 그러라고 했다. 우승할 리 없다고 생각했겠지.

나도 그랬다.

그런데 우승해버렸네?

덕분에 더 이상 힙합은 취미가 아니게 됐다. 나는 일처럼 랩을 했다. 공연을 했다. 자신에게 힙합은 고급 취미일 뿐이라던 무알콜과는 자연스럽게 멀어졌다. 나에게 힙합은 직업이 됐다. 꿈을 이뤘다. 취미로 힙합을 한다던 무알콜과는 다른 길을 가게 된 것이다. 나는 옛 동료에게 축하까지는 아니더라도 응원정도는 바랐다.

하지만 응원은 무슨.

친구는 SNS에 주기적으로 나를 디스하는 포스팅을

올렸다. 시스템에 타협했다고 지적했다. 릴뚝배기 혹은 조헤드라고 콕 집어서 이름을 적은 건 아니지만, 누가 봐도 나를 가리키는 글이었다.

본인은 그런 식으로 돈 벌지 않을 거라고 적었다. 그걸 보면서 나는 깨달았다. 무알콜이 말하던 '고급 취미'로서의 힙합은 사실 핑계에 불과했다는 걸. 정말 취미로 접근하고자 한다면… 왜 모두가 자신처럼 취미로만 해주길 바라는가. 취미 이상의 성과를 거두는 이들을 질투하는가. 의식하는가.

무알콜뿐만이 아니다. 내 아마추어 시절 팬들 모두에게 해당되는 말이다. 그들은 나더러 힙합 오디션에 나가지 않고도 꿋꿋이 갈 길을 걸어가는 게 멋있다고 말했다. 내 음악은 '진짜'라고 칭찬했다. 하지만 한국 음악 시장이 '진짜'가 아니어서 나는 성공할 수 없을 거라고 아쉬움을 표했다.

한때는 그런 말이라도 고마웠다. 덕분에 힙합은 고급 취미에 불과하다는 무알콜의 말을 부정할 수 있는 기분이 들었으니까. 그런데 지금 생각해보면 아이러니하게도 그런 팬들 때문에 나의 작업은 취미 수준에밖에 머물지 못했던 거였다.

나는 힙합 오디션에 참가하여 우승함으로서 그 틀을 부쉈다. 무알콜을 포함하여 내 아마추어 시절 팬들에게 모두 복수한 것이다. 참으로 다행이었다. 만약 힙합 오디션에 나가지 않았다면, 계속해서 무알콜에게, 팬들에게 속고 있었을 것이다. 지금 내가 릴뚝배기였다면 이런 말을 내뱉었을 것이다.

"썅. 여기에 불이라도 지를까."

"미쳤냐?"

햄버거 가게 주인으로 분장한 이사님이 나타났다. 그리고 시나리오에 적힌 대로 내 등짝을 때렸다. 이 정도로 강하게 때리라고는 안 적혀 있었는데… 내 인스타그램 게시물 때문에 야근해서 몹시 화가 나신 모양이다.

AM 05:10

그래도 거의 다 끝나간다.

햄버거 가게에서 우스꽝스럽게 쫓겨난 릴뚝배기가 홍대 길거리에서 버스킹하는 장면만 촬영하면 됐다. 마침 시간도 새벽이다. 아무도 지켜보지 않는 장소에서 공연하는 릴뚝배기의 모습은 그가 조헤드로 다시 태어나는 계기가 될 것이다. 그것이 아트 디렉터 누나의 계산이었다.

그런데 왜… 사람이 많지?

출근 시간도 아닌데 홍대 거리에는 사람이 많았다. 대부분 엄마와 같은 중년들이었다. 그들은 카메라를 들고 있는 우리 일행 주변을 기웃거렸다. 이내 나를 발견하고는 연예인이라도 본 사람들처럼 좋아하며 다가왔다.

"와, 연예인이네."

"TV에서 보던 분이네. 반가워요."

건네주시는 손마다 붙잡고 보니 어느새 해가 뜨기 시작했다. 아침이 됐다는 사실을 자각하니 더욱 피로했다. 밤새서 음악 작업하고 고등학교 가던 느낌이었다.

"야, 조헤드 있다, 조헤드!"

"지랄하지 마. 어? 진짜네?"

곧이어 나와 나이대가 비슷한 사람들도 몰려들었다. 대부분이 취해 있었다. 클럽에서 한창 놀다가 귀가하는 길에 나를 발견한 듯했다. 다들 소리 지르면서 달려들었다. 아트 디렉터 누나, 백조 형 등의 스태프들이 그들을 저지해줬다. 나는 촬영을 준비했다. 릴뚝배기로 빙의해서 버스킹을 준비했다.

[나는 벌레]에 사용됐던 비트 MR들은 갖고 있지 않았지만, 그냥 무알콜이 발매한 앨범의 곡을 틀고 따라 부를 작정이었다. 나는 2번 트랙 **'친구'**를 눌렀다. 시끄러운 멤피스 비트가 흘러나왔다. 소리가 잘 나오는지를 확인하는데, 댓글창이 눈에 띄었다.

댓글은 하나밖에 없었다.

- 한국에서 태어나서 댓글도 한 개밖에 없네;;

내가 작성한 댓글만 남아 있었다.

그 순간 주변에 있는 사람들은 환호성을 질렀다. 조헤

드가 곧 게릴라 공연을 펼칠 거란 걸 알아챈 이들이었다. 그걸 보면서 나는 작은 보람을 느꼈다. 몸은 피곤했지만 마음은 안정됐다. 혹시나 인스타그램에 게시물을 잘못 올려서 사람들이 나를 미워하지 않을까 걱정했는데… 확실히 요즘 내가 팬이 있는 모양이다. 나는 랩을 시작하고, 다들 소리 지른다. 환호를 들을만한 가사 내용이 아닌데 환호를 질러준다. 나처럼 친구한테 쌓인 게 있는 분들이 많은 걸까?

하지만 나의 안정된 마음과는 별개로 지금 이 광경은 **'한국에서 태어나서'** 뮤직비디오와는 어울리지 않았다. 영상에 담을 수가 없었다. 릴뚝배기는 결단코 이런 삶을 살 수 없다. 그의 음악이 이런 환호를 받았을 리 없다.

AM 05:40

카메라에 담을 수 있는 건 공연이 끝난 직후. 무알콜한테 전화가 오는 장면이었다. 연습생이 연기한 무알콜이 아니라 진짜 무알콜이 전화를 걸어왔다.

"나 너 봤다."

"뭘 봐."

"공연하는 거. 연예인 다 됐네."

무알콜은 홍대 클럽 갔다가 집에 가는 길에 내가 공연하는 모습을 봤단다. 금요일 밤마다 클럽에서 흥청망청 돈을 쓰던 녀석이니 그럴 만도 했다.

나는 왜 전화를 했냐고 물었다.

무알콜은 아까는 자신이 만취해 있었다며 미안하다고 사과했다. 나는 대답하지 않았다. 의심했다. 얘는 꼭 하고 싶은 말이 있을 때 서론을 길게 깐다.

역시나 곧바로 본론이 나왔다. 무알콜은 시니컬하게 물었다.

"그 사람들이 네 진짜 팬은 아닌 것 알지?"

"너는 가짜 팬이라도 있고?"

그 순간 누군가 내 얼굴에 자신의 휴대폰을 들이밀었다. 함께 사진을 찍어달라는 무언의 요구였다. 나는 깜짝 놀라서 주변을 둘러봤다. 스태프들이 통제하고 있는

데도 나에게 다가오는 이들이 많았다.

나는 전화를 끊었다.

그것을 신호로 내내 눈치만 보던 사람들도 나에게 달려들었다. 수많은 인파에 둘러싸인 나는 넘어지고 말았다. 더듬더듬 휴대폰을 잡는데 누군가 내 어깨에 손을 넣었다. 백조 형이었다. 형은 나를 데리고 차로 갔다. 사람들은 소독차를 쫓는 어린이들처럼 우리를 쫓아왔다.

AM 05:46

우리는 공덕역 근처 S호텔 로비에 모였다.

"와, 선배님. 팬 진짜 많으시네요."

연습생이 나에게 콜라를 건네주면서 말했다. 나는 아까 내 공연에 환호하던 사람들을 떠올렸다. 그들은 음악을 듣지 않았다. 환호하고 싶어서 한 거였다.

"절반은 진짜 팬들도 아닐 걸."

"가짜 팬이라도 있으면 다행이지."

백조 형이 '진짜 팬' 타령을 하는 나에게 말했다. 그의 눈빛 속에서 이제 촬영을 끝내기를 바라는 마음이 보였다. 그래서 그냥 이만하면 됐다고 하는데, 아트 디렉터 누나가 저지했다.

"헤드야. 릴뚝배기는 죽은 것 같아?"

"무슨 말씀이세요."

"미련 없어?"

"미련은 있다만…. 이 정도면 충분하지 않을까요?"

"놉. 미련이 조금이라도 있으면 안 돼."

아까 말했듯, 누나는 지금 이 프로젝트는 단순히 내가 벌였던 사고를 수습하는 데에서만 그치지 않는다고 말했다. 앞으로도 내가 사고 칠 것을 방지하기 위해… 나의 내면에 있는 릴뚝배기 감성을 완전히 제거하는 기회로 삼아야 한다고 얘기했다. 나더러 언제까지 가짜 힙합해서 우울하다고 징징댈 거냐고 놀렸다.

지난번 회식 때 주정하던 걸… 기어코 기억하고 계셨다.

나는 내가 왜 그런 주정을 했을지 생각했다. 그것은

내 아마추어 시절 팬들이나 무알콜한테 먹는 욕 때문에 쌓인 울분이었다. 솔직히 억울한 마음도 있었다. 힙합 오디션에서 우승만 했을 뿐. 힙합에 대한 나의 사랑은 달라진 게 없었다.

- 한국에서 태어나서 진짜 힙합하며 못 산다. 가짜 힙합만 돈이 되거든.

과거에는 그 말을 통해 위로를 받았다면, 힙합 오디션을 우승한 뒤에는 그 말을 통해서 자기 검열을 하게 된 것이다. 그렇기에 나는 릴뚝배기 시절 팬을 만나보고 싶었다. 매일 같이 나의 작업물에 '한국에서 태어나서'로 시작하는 댓글을 달았던 유저. 지금 내가 가진 미련의 출처는 모두 그 사람으로부터 시작됐을지 몰랐다.

"제가 릴뚝배기였다면 하고 싶은 게 생각났어요."

"그래, 뭔데."

워커홀릭의 면모를 보여주는 아트 디렉터 누나와 달리 백조 형이나 다른 스태프들은 슬픈 표정이었다. 그것을 자각하면서도 나는 고작 내 욕심 때문에 누나와 함께 계획을 세웠다. 이제까지가 누나의 디렉팅 대로 만들어진 서사라면, 지금부터는 한때 릴뚝배기였던 내가 직접 개입하는 릴뚝배기의 최후였다.

['한국에서 태어나서'_TAKE3]
릴뚝배기는 삶의 마지막 날.
자신의 팬을 찾아 나선다.
'한국에서 태어나서…'라는 댓글을 남기던 사람.
그를 만나서 무슨 생각으로 댓글을 작성했냐고 묻고 싶다.
그 궁금증만 해소되면 아무런 미련이 없을 것만 같다.

"근데 그 유저를 어디에서 찾아?"

백조 형이 물었다. 아트 디렉터 누나는 릴뚝배기 Youtube 계정에 '한국에서 태어나서'라고 도배하며 댓글을 달았던 유저를 찾는다고 회사 공식 계정에 올릴 거라고 알렸다. 백조 형은 만약 그 사람이 오늘 안에 나타나지 않으면 어떻게 되냐고 물었다. 혹시나 또 대책 없는 번개 촬영이 될까봐 걱정하고 있었다.

나는 형을 안심시켰다.

"의심이 가는 사람들이 있어요."

애초에 릴뚝배기 시절 내 음악을 듣는 사람은 몇 없었다. 모두 지인들이었다. 공연장 아저씨나 몇 명의 동료…. 날이 밝으면 그들부터 찾아가는 계획이었다.

본격적인 촬영은 자고 일어나서 진행하기로 했다. 대신 지금은 릴뚝배기와 '힙합의 신'이 대화를 나누는 장면만 간략하게 촬영하기로 했다.

아트 디렉터 누나는 즉흥으로 대사를 만들었다.

"오빠. 아까 했던 얘기 있잖아. 그거 해봐."

"뭐…."

"가짜 팬 어쩌구저쩌구."

AM 05:55

"오빠, 애드리브 좋았어요."

"애드리브?"

"신을 표현하려고 망토 여민 거 아니에요? 신비로웠어요."

"그냥 추운 거였는데."

"아하. 나레이션 깔 때는 신비롭다고 할 테니까 조용히 있어요."

"오키."

오늘 치 촬영은 그렇게 정리되었다. 나머지는 자고 일어나서 재개하기로 했다. 내 언더그라운드 시절 팬들을 찾아서 영상에 담을 예정이다. 내 작은 실수에서 시작된 프로젝트가 점점 커지고 있었다.

AM 06:00

내가 단독으로 쓰는 호텔 방에서 혼자 잘 준비를 하면서… 나는 일 년 전 이맘때를 떠올렸다. 나는 무알콜과 함께 일주일에 한 번 꼴로 언더그라운드 공연을 했다.

공연이 끝나면 택시를 타는 무알콜과 달리, 나는 막차를 타거나, 막차가 끊기면 꾸역꾸역 걸어가야 했다. 택시를 타면 페이의 절반이 날아가니까. 몇 시간 걷고 집에 도착해서 열두 시간 동안 뻗고는 했다. 언더그라운드라는 말이 어울리는 배고픈 시절이었다.

그때나 지금이나… 나는 두 시간 아니면 열두 시간 자는 패턴으로 생활한다. 오늘은 운이 나쁘게도 두 시간이다. 벌써부터 잠에서 깬 순간의 피로를 느끼며 눈을 감았다. 깨고 싶지 않다고 생각하면서 잠이 들었다. 눈을 뜨면 나는 다시 릴뚝배기가 되어야 할 운명이었으므로.

3부

릴뚝배기의 안 멋진 죽음 下

TAKE3. 팬

릴뚝배기는 홍대 거리에 서 있습니다.

정오의 햇빛이 눈을 찌릅니다. '힙합의 신'이 시간을 점심으로 되돌려준 모양입니다. 덕분에 오랜만에 햇빛을 봅니다. 주변 풍경은 아까와 달리 밝습니다.

릴뚝배기는 이제 팬을 찾아야합니다. 누구라도 괜찮으니 자신의 진짜 팬을 찾고 싶습니다. 그래서 공연장 앞에 왔습니다.

해가 떠 있는 시간의 힙합 공연장 주변은 한산합니다.

당연합니다. 공연이 펼쳐지지 않는 시간이니까요. 관

객들도, 아티스트들도 없습니다. 그래도 공연장의 주인은 있을 겁니다. 릴뚝배기는 그를 만나러 왔습니다.

내 노래를 누구보다 많이 들었던 분이니까.

이곳은 릴뚝배기가 젊은 시절을 다 바친 장소입니다. 물론 지금도 젊지만, 육체만 젊을 뿐… 마음은 후회와 미련으로 가득 차 있습니다. 이곳에서 공연을 하던 게 떠오릅니다. 부질없는 시간이었습니다. 함께 하던 무알콜의 속내도 다 알아버렸습니다. 힙합을 겨우 취미 수준으로 생각했다니.

그럼 여기에서 공연하려고 돈은 왜 냈냐?

잠시 후.

공연장 문이 열리고 아저씨가 나타납니다. 공연장 주인입니다. 릴뚝배기는 그를 단번에 알아보지만, 너무 오랜만에 만나는 것이라 민망해서 말을 걸지 못합니다. 엉거주춤하게 서 있는 릴뚝배기를 아저씨가 발견합니다.

“오오, 우리 친구. 웬일이야.”

“저… 잠시 얘기 좀 할 수 있을까요?”

"공연해주려고? 여기에서?"

"아니오, 그건 아니고요."

단칼에 거절 의사를 내비치자, 아저씨의 얼굴이 어두워집니다. 하지만 찰나일 뿐. 아저씨는 다시 싹싹하게 웃으면서 릴뚝배기를 맞습니다.

"그래, 일단 들어와라."

"나가시던 길 아니었어요?"

"편의점 가려 했는데, 괜찮아. ~~근데 이 사람들 다 뭐야. 촬영하는 거야~~?"

(눈 깜짝할 새)

"요즘 너무 힘들다."

아저씨는 테이블을 탁탁 치면서 하소연합니다. 힙합 공연은 갈수록 많아지는데, 자신의 공연장 대관은 줄어든다고 토로합니다. 릴뚝배기에게 왜 그런 것 같은지 이유까지 묻습니다. 릴뚝배기는 대답을 고민하면서 주변을 둘러봅니다.

십 년 전이나 지금이나 공연 장치들은 여전히 싸구려입니다. 조명을 틀지 않아도 저절로 인상이 써집니다.

이러니까 대관이 안 되죠….

릴뚝배기는 아저씨에게 하고 싶은 말을 마음속으로 삭힙니다. 대신 그의 하소연을 계속해서 들어줍니다.

"요즘 애들은 너처럼 언더그라운드 정신이 없다. 래퍼라면 공연을 하면서 차근차근 단계를 밟아나가야 하는데… 앨범부터 내려고 그런다. 여기 다니는 고등학생 있는데, 세상에 걔도 앨범 낸단다. 열일곱 살이."

"금수저인가 보네요."

"그것도 아니야. 레슨비 맨날 밀리거든."

"아저씨 레슨도 하세요?"

"아니. 나는 공간만 빌려주지."

이런 소규모 공연장에서는 더 이상 래퍼들이 공연을 하려고 하지 않는답니다. 하지만 공간을 계속 비워둘 수는 없기에, 아저씨는 최근에 이곳을 언더그라운드 래퍼

와 래퍼 지망생들이 수업을 진행하는 장소로 만들었습니다.

주로 TV나 Youtube에서 힙합을 접하고, 래퍼의 꿈이 생긴 청소년들이 인터넷 보고 이곳에 찾아와서 언더그라운드 래퍼들 생활비에 보탬이 돼 주고 있답니다.

"뭐, 개네 덕에 나도 돈을 벌긴 하지만, 옆에서 보고 있으면 안쓰러워."

"뭐가요."

"좋아하는 일로 돈을 벌 수 있을 거라고 철석 같이 믿는데…."

지금 이 순간 릴뚝배기는 아저씨에 대해 좋게 생각하던 게 그저 오랫동안 안 보면서 미화되던 것에 불과하다는 걸 깨닫고 있습니다.

"한국에서는 좋아하는 걸 일로 삼으면 안 되거든."

"왜요?"

"결국 안 좋아하게 된다."

"그럼 뭘 해야 하나요."

"잘하는 거."

"잘하는 지는 어떻게 알 수 있죠?"

"…."

잠시 동안 말이 없던 아저씨는 릴뚜배기의 어깨에 손을 올립니다.

"너는 잘하잖니?"

역시 내 랩을 제대로 들어보셨군!

그래도 릴뚜배기는 희망을 느낍니다. 자신이 힙합 오디션을 우승해서 돈이나 명예를 갖고 있는 처지라면 몰라도, 릴뚜배기인 자신에게 건네는 아저씨의 칭찬은 분명 실력을 향해 있을 겁니다.

혹시 **'한국에서 태어나서'**로 시작하는 댓글을 작성한 게 아저씨는 아닐까.

릴뚜배기는 범인을 찾아낸 형사처럼 설렙니다.

"아저씨. 제 Youtube 채널에 올린 노래 들어보셨죠?"

"응?"

"여기에서 공연했던 영상도 올렸는데…."

"아아, 봤지. 많이 봤지. 제목이…."

아저씨는 오픈북 시험을 보는 것처럼 휴대폰을 꺼내서 Youtube에 들어갑니다. 그리고 릴뚝배기의 계정을 검색하는데….

"잠시만요. 아저씨."

"왜?"

"구독도 안 하셨군요…."

자신의 채널 옆에 떠 있는 빨간색 '구독' 버튼을 보면서 릴뚝배기는 실망합니다. 아저씨가 재빨리 그 버튼을 눌렀지만, 늦었습니다. 릴뚝배기는 공연장에 괜히 왔다고 생각합니다.

아저씨는 본인이 먹고 살기 위해 내 공연을 지켜보던 사람이군.

그것을 나쁘다고 할 수는 없겠지만… 지난 시간동안 아저씨에게 납부했던 돈이 아깝게 느껴집니다.

홍대에는 공연장이 몇 십 개 있습니다.

릴뚝배기도 공연을 수십 번 했습니다. 하지만 게스트

로 참여하는 행사를 제외하고는 이곳에서만 공연을 했습니다. 아저씨와의 의리 때문입니다. 아저씨는 다른 공연장 주인들과 달리 힙합을 문화로 대했습니다. 아티스트들의 공연마다 빠짐없이 참석해서 사진을 찍어줬습니다. 릴뚝배기는 그런 아저씨를 응원하고 싶었습니다.

…정말로?

아니. 솔직히 사실이 아닙니다. 릴뚝배기는 그저 이곳의 대관료가 다른 공연장보다 십만 원 정도 싸서 빌렸습니다. 십만 원 때문에 싸구려 조명기를 감수했습니다. 가격이 싸서 선택한 공연장에 아저씨가 있었을 뿐입니다.

하지만 그는 사진만 찍을 뿐. 음악에는 귀를 기울이지 않았나 봅니다.

"오오. 맞아. 이 노래 기억난다. 크하하하하."

뒤늦게 인위적인 반응을 보이는 아저씨를 보면서 릴뚝배기는 씁쓸하게 웃습니다. 저 사회생활은… 자신이 지난 십 년 동안 열심히 대관료를 납부해준 VIP 호구 고

객이기에 발생하는 거겠죠.

공연비를 내면서 공연하는 건 얼마나 슬픈가.

릴뚝배기는 공연장 입구를 바라봅니다.

몇 년 전. 자신의 공연 포스터가 붙어 있던 그 자리에는 지금 아무것도 없습니다. 예정된 공연이 없는 듯합니다. 릴뚝배기는 요즘 힙합하려는 애들이 현명하다고 생각합니다. 아저씨는 그들이 언더그라운드 정신이 없다고 치부하지만, 그 정신이 이러한 공연장을 대관하는 것으로 충족된다면 차라리….

(공연장 문 열리는 소리)

그 순간 공연장 문이 열리고 누군가 들어옵니다.

비니를 쓴 소년입니다. 나이는 많아봐야 스무 살 정도? 십자가 귀걸이, 은 목걸이 등 온몸에 장신구를 치장했지만 얼굴의 앳된 티는 가려지지 않습니다. 그는 평소와 달리 붐빈… 아니, 낯선 사람이 있는 공연장을 보고는 고개를 갸우뚱거립니다.

그러고는 릴뚝배기에게 달려듭니다.

“조헤드 형님. 저 진짜 팬입니다. 어? ~~촬영중인 거예요?~~”

소년은 아이돌 팬처럼 릴뚝배기에게 호감을 표시합니다. 아저씨가 그런 소년을 끌고 나갑니다. 릴뚝배기는 공연장에 혼자 남겨집니다. ~~(사실은 다섯 명의 스태프와 함께 남겨졌다)~~ 조용한 공연장이 익숙하면서도 익숙하지 않습니다. 적막 속에서 릴뚝배기는 의문을 품습니다.

재가 어떻게 조헤드라는 이름을 알지?

그것은 릴뚝배기가 대형 방송국의 힙합 오디션에 참가할까 고민하던 시절에 만들었던 이름입니다. 혹시나 방송에서 릴뚝배기 이름의 어원을 물을 때, 고등학교 시절 친구들이랑 ‘힙합은 강해야 한다!’라고 의기투합하며 예명을 정했고, 그 과정에서 ‘좆대가리’라는 상스러운 욕설을 자신만의 방식으로 만들었다(Lil(좆만하다)+

뚝배기(대가리의 한국식 표현)=릴뚝배기(좆대가리)고 말할 수는 없기에… '조헤드'라는 새로운 이름을 지었습니다.

그 정도면 자신의 성에 좋아하는 단어를 붙였다고 둘러댈 수 있었습니다. 당시의 릴뚝배기는 지원 신청서에 조헤드라는 이름을 적고, 랩 하는 영상까지 촬영했지만… 결국 힙합 오디션에 참가하지 않았습니다. ~~(무슨 소리. 참가했다.)~~

거기에 참가한다면 지난 10년간의 언더그라운드 생활이 의미가 없어질 것이기 때문입니다.

그런데 지금은 의미가 있나?

지금 이 순간, 릴뚝배기의 마음에 후회가 차오를 뻔했지만, 다행히 그러지 않습니다. 릴뚝배기는 어차피 힙합 오디션에 참가했더라도 2차 예선 쯤에서 탈락했을 거라고 생각합니다. 애매하게 굴다가 성취도 챙기지 못할 바에야 자존심 챙기는 게 낫습니다. 그러니 자신은 곧 죽게 될 운명이지만… 괜찮습니다. 명예로운 죽음이니까요.

다만 내 팬을 한 명이라도 찾고 싶다….

그 순간 공연장 문이 다시 열립니다. ~~(백조 형이 소년에게 우리 영상의 컨셉을 설명했다)~~

TAKE3.5. 팬

"릴뚝배기 형님. 진짜 팬입니다."

다시 돌아온 소년은 아까처럼 릴뚝배기에게 친근감을 표현합니다.

"저 형님 노래 들으면서 음반도 만들었습니다. 지금 크라우드 펀딩으로 후원을 받고 있는데… 릴뚝배기 형님이 한 번만 냉정하게 평가해주세요."

"어, 그래요."

"아저씨!"

소년이 공연장 주인을 부릅니다.

"제가 프린트 부탁드렸던 것 주세요."

"아, 그거 편의점 가서 뽑아 오려고 했는데."

"제가 꼭 부탁드린다고 엊그제부터 말했는데…."

"릴뚝배기 반겨주느라 아직 못 뽑았다. 이따 줄게."

나는 반겨달라고 한 적 없는데.

릴뚝배기는 억울합니다만, 다행히 소년은 프로젝트 소개 전에 랩부터 들어달라고 씩씩하게 부탁합니다. 소년이 휴대폰을 꺼내서 가사를 확인하는 사이에 릴뚝배기는 혹시 이 친구가 **'한국에서 태어나서'**로 시작하는 댓글의 작성자일지 추리하여 봅니다. 아무튼 본인 입으로 릴뚝배기의 팬이라 했으니 용의자 중 한 명입니다.

"내 노래도 많이 들어봤니?"

"그럼요! 오늘도 들었어요! 스트리밍 했어요!"

"스트리밍 할 수 없을 텐데…."

릴뚝배기의 솔로 음악들은 아직 정식 음원으로 발매된 게 없어서 Youtube나 사운드 클라우드로만 감상할 수 있습니다.

"아, 맞다. 헷갈렸어요. Youtube로 들었죠. 댓글도 남겼어요.”

“무슨 댓글?”

“내용은 기억이 안 나요. 댓글이 하도 많아서요.”

“한두 개밖에 없을 텐데….”

“아.”

소년이 작은 탄식을 내뱉습니다.

“죄송해요. 솔직히 릴뚝배기 노래는 몰라요. ~~조혜드 노래만 알아요.~~”

역시. 기대도 안 했다.

소년은 릴뚝배기에게 미안한지, 나름의 핑계를 덧붙입니다.

“언더그라운드 힙합은 아직 잘 몰라요. 좋아한 지 얼마 안 됐거든요.”

“야. 얘 투팍이랑 제이지도 모른다. 그런데 힙합한단다.”

아저씨가 고발하듯이 말합니다. 확실히 투팍이나 제이지 모르면서 힙합하겠다고 말하면 혼나던 시대가 있었습니다. 근본 없는 취급을 받았습니다.

요즘도 그런지는 모르겠습니다.

릴뚝배기는 앨범 작업을 하느라 한동안 공연장에 오지 않았으니까요. 다만 아저씨가 계속해서 소년을 몰아붙이는 건 불편합니다.

“내가 들어보라고 했는데도 지루하대.”

“아니요, 지루한 게 아니라 어렵다고 했어요.”

릴뚝배기는 그들의 대화를 적당한 구간에서 끊습니다. 어차피 지금 소년은 자신의 얘기를 하고 싶어 합니다. 릴뚝배기는 소년을 배려하며 질문을 던집니다.

“그럼 좋아하는 래퍼 누군데?”

소년은 릴뚝배기가 자신에게 질문을 해준 것이 기쁜 듯이 해맑게 소리칩니다.

“진심으로 조헤드요. …아!”

그리고 소년은 방송사고라도 낸 것처럼 입을 막습니다. 릴뚝배기는 자신이 잘못 들었다고 생각하면서 다시 묻습니다.

"좋아하는 힙합 아티스트 누구야?"

"힙합 오디션에 나왔던 래퍼들이요."

소년은 쥐어짜내듯이 대답했고, 릴뚝배기는 고개를 끄덕입니다.

음… 그렇구나.

한때는 그들을 힙합 아티스트라고 할 수 있느냐를 갖고 친구들과 네 시간씩 토론하던 때가 있었습니다. 힙합의 뿌리가 흑인들의 저항 정신이기에, 거대 자본에 의해 양산된 상업 음악들은 힙합의 범주에 포함될 수 없다고 주장하는 친구도 있었고, 가사를 직접 쓰지 않으면 힙합 아티스트가 아니라고 강하게 말하는 친구도 있었습니다.

릴뚝배기 역시 자신만의 의견을 갖고 있었지만… 지금은 기억이 안 납니다. 죽음을 앞둬서 그런지 모든 게 의미 없게 느껴집니다.

하지만 그게 염세주의적인 태도는 아닙니다.

예전에는 가짜인 애들은 망하고, 진짜인 애들이 잘돼

야 한다고 생각했다면… 그래서 '너는 꽝, 나는 짱' 식의 가사들을 썼다면… 지금은 꽝인 애들도 잘됐으면 좋겠고, 짱인 애들도 잘됐으면 좋겠습니다.

"릴뚝배기 형님. 시작하겠습니다."

무엇보다 지금 자신의 랩을 들려주려는 소년이 이상하게 안타깝습니다.

(16마디의 랩이 끝난 후)

릴뚝배기는 피드백을 고민합니다. 힙합 오디션 심사위원들의 멘트를 떠올리기도 합니다. TV로만 볼 때는 간절한 참가자들에게 뭐 저렇게 성의 없는 심사를 하나 싶었는데… 직접 그 입장이 되니까 그들이 이해됩니다.

무슨 말을 하지.

지금은 오디션 상황도 아니기에 평가를 해야 할지 응원을 건네야 할지 헷갈립니다. 다행히 소년이 먼저 싹싹하게 말합니다.

"괜찮으셨다면 후원 좀 부탁드릴게요."

그리고 무언가를 건네주려다가 멈춥니다.

"맞다. 아저씨가 프린트 안 하셨지."

"거, 참. 지금 나가서 하마."

"오, 감사해요."

아저씨는 공연장을 나갑니다. 소년과 단 둘이 남겨진 릴뚝배기는 그의 앨범 홍보를 듣습니다. 소년은 신나서 재잘거립니다. 자신의 앨범 속에는 모두가 공감할 만한 고등학교 이야기가 들어있다고 합니다. 교실 카스트 풍자부터 짝사랑 사연까지…~~(어느 순간부터는 아예 대놓고 카메라를 의식하며 홍보했다. 너무나도 당당해서 아무도 말리지 못했다~~).

(재잘재잘)

얼마나 오랫동안 재잘거렸는지 아까 나갔던 아저씨가 다시 돌아왔습니다. 아저씨는 손에 종이 뭉치를 들고 있습니다. 소년이 주문한 대로 편의점에서 프린트를 해 온 모양입니다.

아저씨가 소년에게 페이퍼를 건넵니다.

소년은 릴뚝배기에게 페이퍼를 건넵니다.

릴뚝배기는 페이퍼를 살핍니다. 두 개의 크라우드 펀딩 프로젝트에 대한 정보가 담겨있습니다. 하나는 소년의 앨범에 대한 내용입니다.

다른 하나는 래퍼 버터맨 앨범에 대한 내용입니다.

릴뚝배기가 '어, 이 녀석은…'이라고 알아차리기도 전에 소년이 먼저 소개합니다.

"이 분은 제 선생님이에요."

그 순간 누군가 공연장 문을 두드립니다. 노크 소리가 커다랗게 울립니다. 릴뚝배기는 반사적으로 뛰쳐나갑니다. 한때는 함께 이곳에서 공연을 했던 옛 동료를 다시 만날 생각에 들뜹니다.

버터맨은 내 노래를 제대로 들어줬어.

아저씨나 소년과는 다릅니다. 버터맨은 자신과 고생

을 함께 했던 동료입니다. 고생 속에서 전우애가 생긴다는 말이 있듯이, 이 좁아터진 공연장에서 릴뚝배기와 버터맨은 서로에게 리스펙을 건넸습니다.

진짜 팬이라고 할 수 있지.

릴뚝배기는 드디어 자신의 팬을 만날 생각에 들떠서 공연장 문을 엽니다. 그리고 문밖에는 헬멧을 쓴 사람이 서 있습니다.

"짜장면 시키셨죠?"

~~"아, 제가 계산하겠습니다."~~

~~백조 형이 배달 기사님을 맞았다. 스태프들이 하나, 둘씩 카메라를 껐다. 점심 먹을 시간이었다. 나로서는 여섯 시 쇼케이스 공연 전에 먹는 마지막 식사였다. 그래서 몸 상태가 좋지 않은데도 거를 수가 없었다.~~

(점심식사가 거의 끝나갈 즈음)

공연장 문이 열립니다. 누군가 공연장으로 들어옵니

다. 짬뽕을 먹고 있던 릴뚝배기는 자리에서 일어납니다. 짜장면을 먹고 있던 소년도 일어납니다.

이제야 기다리고 있던 사람이 온 듯합니다.

"선생님!"

"야, 버터맨."

릴뚝배기는 오랜만에 친구의 랩 네임을 부릅니다. 친구가 군대에 입대한 이후, 2년 만에 만나는 셈입니다.

하지만 버터맨은 릴뚝배기만큼 옛 친구가 반갑지 않은 모양입니다. 그저 당황한 듯, 주변을 두리번거리며 묻습니다.

"이게 다 뭐야?"

"너도 같이 먹어."

"아니, 이 카메라들…. ~~여기를 왜 촬영해? 아, 맞다. 조헤드 아이돌 됐지. 너 자서전이라도 찍는 중이냐?"~~

~~"조헤드라고 부르면 안 된대요, 선생님."~~

~~소년이 나를 대신해서 버터맨에게 지금 상황을 설명해줬다.~~

(잠깐의 안부 묻기 이후)

"너 무알콜이랑 요즘 연락 하냐?"

버터맨이 릴뚝배기에게 묻습니다. 예상치 못한 질문입니다. 릴뚝배기는 단지 "너 뭐하고 지냈냐?"라고 물었을 뿐입니다.

친구의 대답을 기다렸는데, 도리어 질문을 받아버린 상황입니다.

그리고 그 질문을 통해 친구가 자신에게 얼마나 무관심 했는지 알 수 있었습니다. 무알콜과 자신은 허구한 날 붙어 있었습니다. 함께 한국 힙합 시장을 욕하면서 **[나는 벌레]** 앨범을 만들었습니다.

아까도 버스킹을 갖고 말다툼했습니다. 물론 '힙합의 신'에 의해서 시간이 리와인드되면서 그 기억은 릴뚝배기의 머릿속에만 남아 있게 됐지만….

"그럼. 연락하지."

"그럼 개한테 이거 갖다 줘라. 내 전화 피하더라."

버터맨이 페이퍼를 건넵니다.

"나는 그 새끼 앨범 준비 했을 때 3만 원 후원해 줬거든? 그럼 당연히 내 앨범 나올 때 3만 원은 해줘야 하는 거 아니냐?"

무알콜이 후원을 받았다고?

함께 **[나는 벌레]**를 준비했던 사람이 모르는 후원이라니~~(사실 알고 있었다만)~~. 릴뚝배기는 지금 버터맨이 씩씩거리는 이유도 모르겠습니다.

알고 싶지도 않습니다.

그래서 휴대폰을 켭니다. 페이퍼에 있는 QR 코드를 스캔하여 크라우드 펀딩 사이트로 접속합니다. '감성래퍼 버터맨의 정규 1집 발매를 위한 펀딩' 페이지가 뜹니다.

[버터맨의 정규 1집]

안녕하세요. 10년차 래퍼 버터맨입니다.

제 정규앨범을 발매하는 데에 있어,

힙합을 사랑하시는 분들의 도움을 받고자 합니다.

이를 위하여 필요한 금액은 상당히 높게 측정돼 있습니다. 웬만한 공연을 열 번 할 돈입니다. 그것을 믹싱, 마스터링 등을 위해 사용한답니다. 릴뚝배기는 그 설명을 읽습니다. 버터맨은 옆에서 해설해 줍니다.

"한 곡당 최소 30만 원은 부르더라고. 이럴 줄 알았으면 공연할 돈으로 믹싱, 마스터링 좀 배워둘 걸…."

"뭐라고 했냐?"

아저씨가 끼어들지만, 릴뚝배기는 그의 말을 무시합니다. 자신감이 없는 친구에게 용기를 불어넣어줍니다.

"후원 많이 됐는데?"

버터맨은 충분히 그럴 만합니다. 그는 옛날부터 또래 래퍼 중에 팬이 제일 많았습니다. 공연에서 제일 많은 환호를 받았습니다. 공연이 끝나면 그와 사진을 찍기 위해 줄을 서는 사람들도 존재했습니다. TV에서 힙합 오디션이 시작하지 않았을 시절의 이야기입니다.

지금은 버터맨보다 유명한 20대 래퍼가 훨씬 많습니다. TV에 한 번 얼굴을 비추면 공연 열 번 뛰는 것보다 더 많은 인지도를 얻습니다. 누군가는 그것이 부당하다고 말하지만, 왜 부당하냐고 물으면 제대로 이유를 대는 이는 없습니다.

물론 공정하지 않게 보이는 것은 사실입니다.

버터맨이 앨범을 내는데 필요한 돈이 그들에게는 행사비 한 번이니까요. 하지만 각자의 인생이 있는 법입니다. 적어도 지금의 릴뚝배기는 그렇게 생각하기에, 버터맨을 계속해서 응원합니다.

"벌써 50퍼센트 넘었네. 충분히 성공하겠다."

"얘는 100퍼센트 넘었어."

"음?"

"들어가 봐."

[열여덟 소년의 앨범내기 프로젝트]

안녕하세요. 래퍼가 되기를 꿈꾸는 고등학생입니다!

제가 학교 생활을 하면서 느낀 감정을,

많은 분들과 공유하고 싶습니다:)

릴뚝배기는 놀랍니다. 경력…이라고 해봐야 버터맨

한테 힙합 레슨 받은 게 전부인 소년이 벌써 후원 금액 100퍼센트를 돌파했다니. 스승을 앞질렀다니.

요즘 정말로 힙합이 대중화된 걸까?

하지만 힙합의 대중화와 언더그라운드는 별개의 문제 아닌가. 아까 소년이 그것을 증명하지 않았습니까. 그는 힙합 오디션을 통해서 힙합을 좋아하게 됐지만, 거기에 출연했던 이들 외에는 알고 있는 래퍼가 없습니다.

그게 문제라는 건 아닙니다.

다만 그가 어떻게 10년차 언더그라운드 래퍼인 버터맨과 맞먹는 성과를 낸 건지 궁금합니다. 릴뚝배기는 소년에게 성공 비결을 물었고, 소년은 당당하게 설명합니다.

"아, 제가 학교에서 좀 인싸거든요."

[소년의 성공 비결]

학교에서 자신의 프로젝트를 당당하게 홍보했다.

방송부를 통해서 홍보하고, 게시판에 포스터도 붙였다.

그걸 보고 친구들이 후원해 줬다.

친구들뿐만 아니라 후배와 선배들도 도와줬다.

릴뚝배기로서는 당황스럽고 신기한 이야기입니다.

나는 힙합하려고 고등학교 관뒀는데.

시대가 변한 걸까요. 아니면 시대는 그대로인데, 저 소년이 대단한 걸까요.

시대가 변한 거야.

릴뚝배기는 그렇게 생각하는 게 마음 편합니다. 자신이 고등학생일 때는 교실에서 힙합 음악 틀어대면 갑자기 분위기 싸해졌단 말입니다.

"선생님 걱정마세요. 제가 친구들한테 선생님도 도와달라고 말했어요."

소년이 서슴 없이 말합니다. 내색은 안 하지만, 버터맨은 자존심이 상한 눈치입니다. 버터맨 역시 릴뚝배기처럼 고등학교를 자퇴하고 힙합의 길로 빠져들었거든요. 함께 음악하던 친구 중에 고등학교에 남아 있던 건 무알콜뿐입니다.

"무알콜 그 새끼는 뭐하고 사는 거야."

그래서 버터맨은 화풀이합니다. 하지만 릴뚝배기는 의미가 없다고 생각합니다. 무알콜이 버터맨을 돕는다고 해도, 버터맨의 크라우드 펀딩 수치가 확 올라가는 것도 아니니까요.

무엇보다 자신은 곧 죽을 운명입니다.

그렇기에 통장 잔고에 있는 돈 따위 의미가 없습니다.

"내가 무알콜 몫까지 후원해줄게. 걔 너무 욕하지 마라."

그래서 공연장 1회 대관료와 맞먹는 돈을 버터맨에게 그 자리에서 후원합니다. 버터맨은 벙찐 표정을 합니다. 자신을 동정하는 듯한 릴뚝배기에게 조금은 기분이 나쁜 듯해보였지만, 이윽고 릴뚝배기가 후원한 금액을 보고는 입을 다물지 못합니다. 릴뚝배기 덕분에 후원 금액이 100퍼센트가 넘었습니다. 이제 버터맨은 자신이 후원을 했던 동료들에게 일일이 연락하며 수금하지 않아도 본인의 정규 1집을 발매할 수 있을 겁니다.

역시 돈은 중요하군.

금세 돌변한 버터맨을 보면서 릴뚝배기는 느낍니다. 돈으로 힘을 발휘할 수 있고, 돈을 아낄 필요 없는 지금의 릴뚝배기는 그 힘을 아낌없이 나눠줄 수 있습니다. 자신은 곧 죽을 운명이지만, 동료들만큼은 오랫동안 힙합 사랑을 이어나갔으면 합니다.

"이거 받고 계속 힙합 해."

하지만 버터맨은 릴뚝배기의 기대를 부숴버립니다.

"나 이 앨범 내고 힙합 접을 거야."

"어차피 접을 거면 왜 내는 거야?"

"의미를 남기긴 해야 하지 않겠냐. 내가 몇 년을 했는데."

릴뚝배기는 버터맨이 거짓말하고 있다고 생각합니다. 그 누가 은퇴를 위해서 앨범을 내겠습니까. 버터맨은 분명 앨범내고 나서 반응이 없을 것을 예상하여 미리 저런 말을 하는 겁니다. 스스로를 속이는 겁니다.

릴뚝배기는 알 수 있습니다.

왜냐하면 자신도 똑같은 상황을 겪었거든요. **[나는 벌**

레]를 발매하고 나서 정말 스스로를 벌레라고 느낀 나머지 힙합을 버리려고 시도했다가… 곧 죽을 운명에 처해 있거든요.

릴뚝배기는 혹시나 '힙합의 신'이 나타날까봐 주변을 두리번거립니다. 다행히 그가 나타날 겨를이 보이지 않습니다. 아직 릴뚝배기는 자신의 팬을 만나지 못했거든요.

하지만 그 순간 버터맨의 입에서 절망적인 한 마디가 흘러나옵니다.

"그래도 너는 잘돼서 다행이다. 나는 너 팬이다."

릴뚝배기는 다시금 주변을 둘러봅니다. 다행히 '힙합의 신'은 나타나지 않았습니다. 식사가 끝난 뒤의 그릇들을 정리하는 소년과 콜라를 마시는 아저씨만 있습니다. 그 사이에서 버터맨은 릴뚝배기에게 고마움을 표하고 있습니다.

얼핏 보기에는 훈훈한 광경입니다. 하지만 릴뚝배기는 방금 버터맨이 무알콜을 일갈하던 광경을 봤기에 마음 편하게 고마움을 받을 수 없습니다.

내가 주는 게 있으니까 억지로 돌려주려는 거겠지.

품앗이입니다. 음악은 상관없는 겁니다. 이것이 그동안 방송국, 음악시장 등을 욕하는 근거로 삼았던 인맥 플레이와 뭐가 다를까요.

"그럼 우린 갈게."

멍하니 서 있는 릴뚝배기에게 버터맨이 말을 겁니다.

"어디 가."

"오늘 수업은 우리 앨범 홍보거든요. 거리에서 전단지 돌릴 거예요. 직접 팬을 찾아다닐 거예요."

소년이 씩씩하게 대답합니다. 열심히 음악 활동을 해서 언젠가 릴뚝배기처럼 될 거라는 말을 덧붙입니다. 예의상 하는 멘트일 겁니다. 릴뚝배기는 별다른 반응을 하지 않고 둘을 보냅니다.

버터맨은 떠나기 전에 한 마디를 더 합니다.

"혹시 무알콜 만나면, 펀딩 얘기 안 할 테니까 전화 좀 받으라고 전해줘."

"잠깐만."

"응?"

릴뚝배기도 버터맨에게 용건을 전합니다.

"너 내 Youtube 계정에 댓글 단 적 없어? **'한국에서 태어나서'** 같은 거."

"미안하다. 남 신경 쓸 여유가 없어서."

댓글 한 번 달아준 적 없는 팬이군요. 릴뚝배기는 버터맨과 소년이 공연장을 빠져나가는 뒷모습을 지켜보며 '팬'이라는 단어에 대해 생각합니다. 힙합 오디션에 나가서 멋없게 '가짜 팬'을 만들 바에야 열심히 공연하면서 멋있게 '진짜 팬'을 모으겠다는 버터맨은 지금 전단지를 돌리러 갑니다.

그건 멋있는 건가?

릴뚝배기는 이제 더 이상 힙합 오디션이 멋없다는 생각을 하지 않게 됩니다. 애초에 힙합 오디션에 나가는 게 '가짜' 성공이라는 강박 역시… 과거에 엄마에게 공무원 하라는 소리 들었던 기억에서 비롯된 분노였습니다. 타자화였습니다.

그리고 그것은 곧 릴뚝배기의 삶의 방식이 되었습니다.

계속해서 가짜를 규정해야지만 버틸 수 있었던 겁니다. 가족을 가짜라고 규정하기 위해 친구를 찾았고, 친구를 가짜라고 규정하기 위해 팬을 찾았고, 팬을 가짜라고 규정하기 위해… 자신의 음악을 응원해줄 회사를 찾으면 좋았겠으나, 앞선 단계들과 달리 쉽지 않아 보였습니다.

힙합 오디션에 참가하거나, 데모 CD를 돌릴 수도 있었겠으나, 그렇게 해서 성공하는 건 상위 1퍼센트뿐이라는 사실이 절망스럽게 다가왔습니다.

그래서 릴뚝배기는 쉬운 방법을 택했습니다. 회사도 어차피 가짜일 거라고 미리 규정한 겁니다. 그러고 나니 회사의 다음 단계에 저절로 도착했습니다.

힙합만이 진짜다!

처음으로 돌아온 겁니다. 아래와 같은 과정입니다.

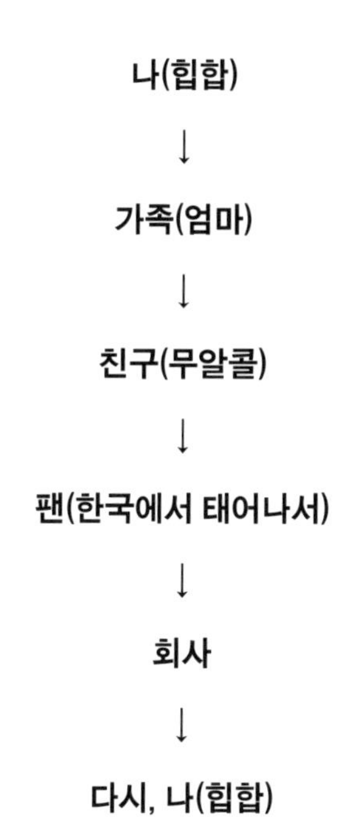

그러나 뜨겁게 시작했던 열일곱 살 때와 달리 종착점에 도착한 자신은 전혀 행복하지 않습니다. 멋없습니다. 한때는 잘 나가던 자신의 친구 버터맨처럼요.

릴뚝배기는 천천히 삶을 돌아봅니다.

그러고 나니… 이번에는 건너뛰었던 단계에 대한 미

련이 남습니다. 후회가 없으리라고 믿었건만, 어쩌면 회사는 진짜일 수 있지 않았을까? 자신이 가짜라고 미리 규정하고 건너뛰었던 그 단계가 궁금합니다. 그토록 경멸하던 힙합 오디션에 참가해보고 싶습니다. TV 속으로 들어가보고 싶습니다. 수많은 사람 앞에서 냉정하게 평가를 받아보기를 소원합니다.

하지만 남은 시간 안에 이를 실현하기는 불가능하죠.

그래서 릴뚝배기는 시간 자체를 돌리고 싶습니다. 아마도 1년 전쯤으로요. 그럴 수 있다면 다시는 돌아오고 싶다는 생각을 안 할 겁니다.

나는 아직도 죽고 싶지 않아.

확인해보고 싶습니다. 힙합 오디션 프로그램에서 우승한 느낌을 알고 싶습니다. 그러면 정말로 후회가 없을 것 같습니다. 초라할지라도 자기 자신을 있는 그대로 받아들일 수 있을 것 같습니다.

(전화벨 울리는 소리)

그 순간 전화가 옵니다. 무알콜입니다.

얘는 또 무슨 일이지?

받을까 말까 고민하는 순간… 갑자기 주변이 어두워집니다. 자신은 암흑 속에 있습니다. 무슨 상황이 일어난 거지? 릴뚝배기는 상황 파악을 하지 못합니다. 무지함 속에서 공포가 몰려듭니다.

설마 죽어버린 건가?

릴뚝배기는 공황 상태가 됩니다. 앞으로도 쭉 이 어둠 속에서 살아가야 할까요. 이것이 죽음일까요. 아아. 무알콜의 전화를 받을 걸…. 후회하는 릴뚝배기에게 낯선 소리가 들려옵니다.

<u>(지지직거리는 소리)</u>

소리의 근원지에서 미세한 빛이 납니다. 릴뚝배기는 그곳으로 발걸음을 옮깁니다.

TV가 있습니다.

TV에서는 방송 프로그램처럼 어떤 광경이 송출되고 있습니다. 방금까지 릴뚝배기가 서 있던 공연장입니다. 릴뚝배기는 TV를 응시합니다. '힙합의 신'이 아저씨와 무언가 얘기를 나누고 있습니다. 그 주위에는 카메라를 들고 있는 사람들과 조명을 들고 있는 사람들이 많습니다. 드라마 촬영 현장처럼 보입니다.

저게 뭐지?

그 순간 TV 속의 '힙합의 신'이 릴뚝배기를 쳐다봅니다. 릴뚝배기가 섬뜩함을 느낄 틈도 없이 '힙합의 신'이 말합니다.

"이제 팬 확인했지? 릴뚝배기는 완전히 죽었지?"

4부

조헤드의 멋진 하루 下

TAKE4. 회사

PM 2:11

"…라고 물어보래."

백조 형이 말한다. 아트 디렉터 누나의 메시지를 대신 전한 거다. 누나는 이따가 여섯 시에 있을 쇼케이스를 PD님과 조율 중이라, 백조 형이 현장 감독으로 대신 와 있다. 형은 '힙합의 신' 의상이 마음에 들었는지 아직도 벗지 않았다.

"네. 걱정 마세요. 형."

나는 대답한다. 이제 내 안에서 릴뚝배기는 죽었다.

언더그라운드 시절에 대한 미련은 조금도 남아 있지 않다. 비록 내 옆에 얼쩡거리는 아저씨나… 밖으로 나간 버터맨 그리고 소년에게 친절하게 대해주긴 했지만, 그건 인연을 청산하기 위한 친절함일 뿐이었다.

방금 전에 있었던 촬영은 내게 실망감만 주었다.

우선 공연장 아저씨를 보라. 내가 릴뚝배기라는 예명을 쓰며 공연을 할 때는 단 한 번도 칭찬을 건넨 적 없던 아저씨다. 무대 뒤에서 열심히 사진을 찍기는 하지만 그것은 공연장 홍보용 이미지가 될 뿐이었다. 내가 사진을 달라고 요구하면 촬영값을 받기도 했다.

하지만 내 Youtube까지 구독 안 하고 있을 줄은 몰랐다. 그건 좀 충격이었다.

아무튼 그런 사람이 나에게 갑자기 잘한다고 칭찬을 건넸다. 대본만 없을 뿐. 촬영 중이었던 걸 감안하더라도… 쉽사리 그런 말을 내뱉어줄 사람이 아니다.

아저씨는 힙합 오디션을 시청하지 않는다. 그렇기에 조헤드의 음악을 들어봤을 리도 없다. 아저씨는 단지 나의 상업적인 아웃풋에 대고 칭찬을 건넨 거였다.

차라리 아저씨가 나를 문전박대했다면 좋았을 것 같다. 여기는 상업 아티스트들이 드나들 수 없는 곳이라고 진상을 부렸으면 속이 시원했을 것 같다. 하지만 아저씨는 나를 환대했고, 덕분에 지금은 과거에 내가 납부했던 공연장 대관료들이 아깝게 느껴진다. 그 돈은 단순한 공연장 대관료가 아니었으니까. 언더그라운드 정신을 믿으며 납부하는 십일조와 같았으니까.

물론 그정도 액수는 이제 나에게 큰 부담이 아니다. 친하지 않은 동료에게 크라우드 펀딩 후원으로 툭 던져줄 수 있을 만큼의 돈이다.

그걸 받고서 버터맨은 몹시 감동했다. 자존심이 상해하는 것 같기도 했으나… 본인이 최대한 티를 내지 않으려 노력했다. 나 역시 내가 버터맨을 돕고 있는 상황이 신기했다. 이곳에서 공연을 할 때만 하더라도 동년배 래퍼들 사이에서 버터맨은 우상과 같은 존재였다.

하지만 그때 친구들은 다 망했다. 치켜세우는 존재들

이 사라지니 버터맨은 금세 초라해졌다. 이제 막 힙합을 시작한 고등학생 소년에게도 밀리는 처지였다.

PM 2:20

촬영 팀은 정리를 시작했다. 누군가 메모리 카드를 챙긴 채로 택시를 타고 이동했다. 아트 디렉터 누나에게 전달하기 위함이었다.

나머지는 청소를 했다. 나는 괜히 눈치가 보여서 아까 다 함께 점심으로 먹었던 중국집 그릇만 괜히 뒤적였다.

"그거 안 해도 돼."

백조 형이 나에게 다가왔다. 형도 마땅히 할 일이 없어 보였다. 우리는 촬영을 끝낸 후면 어김없이 진행되는 스몰토크를 시작했다. 나는 형에게 예명이 왜 백조냐고 물었다. 형은 겉보기에는 우아하지만 수면 아래로는 미친 듯이 발버둥치는 백조의 이미지가 좋았다고 대답했다. 한국인들은 모두 백조 같은 면을 갖고 있다고 강의했다. 사실 그 정도로 궁금하지는 않았지만 열심히 들어주었다.

"오늘도 그렇지 않냐? 솔직히 한국 아니었으면 이 일 못 했다."

"하하, 맞아요…."

"24시간 만에 어떻게 뮤직비디오를 촬영해. 한국에서 태어나서 가능한 거야."

백조 형은 농담처럼 '한국에서 태어나서'라는 말을 반복했다. 섬에서 힐링하라고 만든 〈동물의 숲〉도 새마을운동 게임으로 만들어버리는 한국인들에게 24시간 만에 뮤직비디오 한 편을 만드는 건 일도 아니란다.

이런 스몰토크를 하고 있는 와중에… 내가 알고 있는 사람 중 제일 부지런한 존재로부터 전화가 왔다. 아트디렉터 누나였다. 아까 무알콜 전화는 받지 않았으면서, 누나의 전화는 이렇게 단번에 받고 있는 내가 웃겼다.

"어, 헤드야. 촬영 끝났지?"

"네, 끝났어요."

"그래, 잘됐다. 아직 안 끝났다는 거 알려주려고 전화

했어."

"네?"

해맑게 웃던 백조 형의 얼굴이 일순간 어두워졌다.

"뭐야, 촬영 또 해야 돼?"

방금 자랑스럽게 새마을 운동 타령하던 분답지 않게 슬픈 표정이었다.

"헤드야, 듣고 있지?"

"네, 누나."

"무알콜 씨 네 친구지?"

PM 2:23

방송국이 아니라 회사로 이동하는 중이다.

오늘 아침, 아트 디렉터 누나는 회사 SNS 공식 계정에 포스팅을 올렸다. 조헤드가 릴뚝배기였던 시절 그에게 '한국에서 태어나서'라는 말로 시작하는 댓글을 도배하던 사람을 찾는다고 홍보했다.

정말로 범인을 찾고자 하는 마음보다는, 조헤드가 무

언가를 하고 있다는 티를 내는 용도의 홍보였다.

그런데 거기에 누군가 정말로 연락해왔다.

무알콜이었다. 그가 직접 '한국에서 태어나서' 댓글을 자신이 작성했다고 회사로 신고해왔단다. 지금 당장 내가 있는 곳으로 찾아갈 수도 있다는 얘기를… 나는 어그로일 거라고 예측했다. 무알콜이 자신의 음반 **[나는 벌레]**를 홍보하기 위해 노이즈 마케팅을 시도하는 거라고.

PM 3:00

그런데 정말로 회사에 찾아온 무알콜은 분명한 증거를 보여줬다. 본인의 아이디로 작성한 댓글이 내 영상에 달려 있었다.

얘는 왜 그동안 나를 속였는가.

속였다는 걸 여기까지 찾아와서 자수하나.

댓글에 대한 생각만큼이나 지금 무알콜의 꼴 또한 의문이었다. 며칠 길거리에서 굶으면서 방황한 행색이었다. 하지만 녀석은 마음대로 굶을 수 없는 태생이었다.

단식을 하겠다고 결심하지 않는 이상 부모님이 가만두지 않을 거였다.

"**[나는 벌레]** 발매된 거 축하한다."

"너도 곧 앨범 나오잖아."

"맞아."

"잘될 것 같은데."

"무슨 근거로?"

무알콜은 내가 하루 동안 벌인 일들을 모두 알고 있었다. 멀고도 가까운 곳에서 지켜보고 있었단다. 새벽에 내가 버스킹하는 걸 지켜볼 때만 해도 못마땅했지만… 내가 버터맨의 크라우드 펀딩에 목돈을 후원한 걸 보고는 생각이 바뀌었단다.

"잠깐만. 네가 그걸 어떻게 알아?"

"어떤 애가 인터넷에 올렸어."

아마도 소년이겠지. 그는 공연장에서 나를 만났다는 얘기와 함께 여러 썰을 올렸고, 그것은 빠른 속도로 퍼졌단다. 당사자인 버터맨이 아니라 소년의 입을 통해서 퍼지게 된 경위가 찜찜하기는 했지만, 나로서는 잘된 일이었다.

미담이 퍼졌으니까.

하지만 지금 중요한 건 이게 아니었다.

"너 이 얘기 하려고 찾아온 거 아니지 않니?"

나는 녀석이 찾아온 목적이 궁금했다. 혹시나 **[나는 벌레]** 홍보를 해달라고 할까. 아니면 나와 멀어진 것에 대한 분노를 쏟아낼까.

PM 3:03

"너도 참 좆 같겠다."

"뭐가."

"좆 같은 걸 좆 같다고 했다가 생고생하고 있냐."

무알콜은 갑자기 나를 동정했다. 연예인이자 공인으로서 인스타그램 하나 마음대로 못 올려서 딱하다고 말했다. 앨범 활동도 힘들겠다고 말했다.

진심이 느껴지지 않는 걱정이었다.

나는 그가 자신이 동정받기 전에 나를 먼저 동정하려 한다고 느꼈다. 그것은 곧 **[나는 벌레]**의 실패에 대한 방어기재였다. 문득 거기에도 '한국에서 태어나서'라는 댓글이 달렸던 게 기억났다. 그렇다면….

"너 혹시 너 앨범에도 댓글 달았냐?"

"무슨 소리야."

"**[나는 벌레]**에도 '한국에서 태어나서'라는 댓글이 달렸던데…. 지금은 지워졌지만."

"너 안 그런 척하더니 다 체크 했구나."

PM 3:05

안 그런척했지만, 무알콜도 앨범을 내기 직전까지 약간의 기대를 갖고 있었단다. 뭐 하나 터져서 평생 먹고 살 수 있을 거라는 기대 말이다.

하지만 그것은 여섯 시가 되자마자 사라졌다.

아무리 '새로 고침'을 눌러도 댓글을 달리지 않았다. 이번에도 허공에다가 외치는 기분이었다. 허탈한 무알콜은 텅 빈 댓글 창에 본인이 스스로 댓글을 달았다.

- 얘는 미국에서 태어났어야 한다.

- 한국에서 태어나서 댓글도 한 개밖에 없네;;

그런데 곧 누군가 새로운 댓글을 달았다. 무알콜은 깜짝 놀랐다. 댓글 작성자가 자신의 말에 공감을 해준 거였으나… 무알콜은 기분이 좋지 못했다. 그 씁쓸함 속에서 결론을 내렸다.

힙합 그만해야겠다.

애초에 자신이 힙합을 하려던 이유도 돌아보면 아집이었단다. 무알콜은 갑자기 사실 가사를 쓸 때마다 너무 힘들었다고 밝혔다. 술술 가사를 써내는 나에 비해, 본인은 가사를 쥐어짜내는 게 콤플렉스였다고 말했다.

"너뿐만이 아니라 주변 애들이 다 그랬잖아. 힙합의 멋이 came from the bottom이라는데… 근데 나는 자수성가가 불가능해. 애들 말대로 금수저로 태어났으니까. 그게 내 콤플렉스야. 그런데 티는 못 냈지."

"…."

"돈 때문에 힘든 애들한테 금수저로 태어나서 속상하다고 하면 농락이잖아. 그걸 가사로 쓸 수는 없잖아."

"참 배려심 깊네."

"너희가 벌레에서 나비가 되기 위해 힙합을 했다면, 나는 힙합으로 나비인 나를 부정하기 위해 벌레가 되어가려 했다고."

결국 무알콜은 자신의 부모님이 벌어들이는 수입이 더러운 돈이라고 일갈하는 가사를 썼다. 실명을 적기도 했다. 그걸 오히려 나나 버터맨 등이 말렸다. 만약 이 얘기가 폭로되면 이 가사 속에 적힌 사람들이 너희 아버지를 가만 두겠느냐고.

PM 3:08

그때는 '힙합인데 그런 걸 겁내야 하냐?'라고 되묻던 무알콜은 시간이 흘러 힙합을 그만두기로 결심한 스물일곱 살이 되었다.

"더 이상 하고 싶은 얘기도 없어. 환경 탓하는 것도 그만 둬야지."

마치 내가 상상해왔던 릴뚝배기의 모습을 현실로 보는 듯했다. 거기에 대고 내가 할 수 있는 건 나조차도 진심인지 가식인지 모르겠는 응원을 건네는 것밖에 없었다.

"그래. 아침에 나한테도 힙합 접는다며."

"힙합은 안접을 거야. 랩만 접을 거야. 난 재능 없으니까. 갖고 있던 미련은 앨범 하나 내니까 다 청산 됐어. 대신 공연장 운영할 거야."

그는 이제야 부모님에게 경제적인 지원을 받기로 했단다. 아버지가 갖고 있는 건물의 지하실을 힙합 공연장 겸 카페로 개조하기로 했고, 그걸 본인이 운영하게 됐다는 이유를 여기에서 하는 건….

"거기에 내가 나와 달라는 거겠지?"

"아니. 너는 굳이 그럴 필요가 없잖아."

"그렇지."

"난 도움이 필요한 사람만 도울 거야."

무알콜은 공연에 간절한 신인 래퍼들을 자신이 도와줄 거라고 말하지만… 요즘 힙합을 시작하는 래퍼들이 공연에 관심이 있을까 싶었다.

“근데 그 말 하려고 여기까지 온 거야? 나는 도움이 필요한 사람이 아니라고 말해주려고?”

“아니, 제대로 정리하려고.”

“뭘.”

“우리 팀이었잖아. 하지만 이제부터는…”

무알콜이 말을 하려다 말고 감정이 북받친 듯 멈췄다.

그 순간 백조 형이 들고 있던 카메라를 내려놓으면서 말했다.

“좋아. 그러면 두 친구 화해의 악수하시고.”

PM 3:10

마카롱에서 **[나는 벌레]**를 검색했다.

그리고 거기에 있는 댓글 하나를 지웠다. 내가 작성한 것이니 마음대로 삭제할 수 있었다. 아마도 무알콜은 이 댓글의 작성자가 나라는 것을 모를 것이다. 굳이 밝히고 싶지도 않았다.

~~**-한국에서 태어나서 댓글도 한 개밖에 없네;;**~~

이제 **[나는 벌레]**에는 댓글이 단 한 개도 달려 있지 않다. 하지만 그것은 한국에서 태어난 것과 관련 없는 일이다.

PM 3:55

방송국으로 이동했다.

PM 4:04

방송국에 도착했다.

아트 디렉터 누나가 기다리고 있을지 알았는데, 이사님이 대신 우리를 맞았다. 누나는 지금 영상 편집을 하느라 바쁘단다. 두 시간 뒤에 쇼케이스 발표인데 편집이 아직 안 끝났다니. 내가 생각해도 무리한 일정이었다. 이 모든 사태는 내 인스타그램 포스팅 하나 때문에 일어났기에 새삼 죄송했다.

“네가 죄송할 건 없어. 우리 일 다 끝났는데 걔가 더 한다 했거든.”

“일 다 끝난 게 뭐예요.”

“3분짜리 뮤직비디오는 나왔다고.”

아트 디렉터 누나는 지금 한 시간짜리 영상을 편집하고 있단다. 음반에도 일반 버전과 디럭스 버전이 있듯이, **'한국에서 태어나서'** 뮤직 비디오 디럭스 버전이란다. 릴뚝배기의 일대기를 본인의 나레이션을 통해 소개하며, 자정에 공개 목표란다.

그래서 원래라면 아트 디렉터 누나가 해야 할 일을 지금 이사님이 도맡고 있는 거였다.

누나는 역시 엄청난 워커홀릭이었다. 작품의 주인인 나마저도 굳이 그렇게까지 공을 들일 생각은 안 하는데. 누나와 동료라서 든든하다.

동시에 부담스럽다.

완성된 뮤직 비디오를 볼 자신이 없었다. 내가 연기를

하는 모습이 오그라들 것 같기도 했고, 무알콜이 철없는 래퍼 지망생으로 묘사될 게 걱정됐다. 물론 영상에 무알콜이라는 닉네임이 등장하지는 않겠지만, 내 아마추어 시절 팬들이라면 누구나 그 인물이 무알콜이라는 것을 알아차릴 수 있을 것이다.

그래봐야 그 시절 팬들은 손에 꼽지만… 은밀한 팬이 있을 수도 있으니, 나는 불안했다. 사실 다 핑계고 자신이 없었다. 그러거나 말거나. 17층에 있는 시청각실로 올라가야 했고, 회사 사람들과 함께 완성된 3분짜리 뮤직비디오를 감상했다.

PM 4:08

그리고 뮤직비디오를 보면서 생각했다.

PM 4:11

내가 잘되기 위해서 필요한 건 나의 절대적인 실력이 아니었다. 내가 잘되는 만큼 못 되는 존재들이었다. 조헤드의 성공은 릴뚝배기의 실패가 일으킨 '나비 효과'였다. 물론 곧 발매될 내 1집 **[나비 효과]**에는 이런 암울한 얘기 따위 없다.

노력하면 자수성가 할 수 있다는 메시지만 가득하다.

사람들이 알고 있는 힙합의 이미지에 충실하다. 내 가사 속에서 '힙합 오디션'은 계층 이동을 가능케 하는 튼튼한 사다리다. 힙합을 통해서 그 사다리에 올라탄 나는 한국에서 태어나서 성공한 존재다.

그리고 '한국에서 태어나서' 뮤직비디오에 등장하는 실패한 이들은 이런 내 성공을 더욱 빛나게 만들어준다. 하지만 완성된 뮤직비디오와 달리… 나는 영상에 등장하는 이들을 놀리고 싶지 않았다. 한때 그들이 짜증났던 건 사실이지만, 더는 풍자하고 싶지 않았다.

이런 내 태도가 성공하고 나니까 배가 부른 걸 지는 몰라도.

PM 4:30

"이거 틀지 맙시다."

고생해준 아트 디렉터 누나에게는 미안했다. 그렇기에 아트 디렉터 없는 지금 내 의견을 전달해야 했다.

"틀지 말자니, 무슨 소리지?"

이사님이 되물었다. 나는 우선 간접적으로 내 뜻을 전달했다.

"한 시간 뮤직비디오는 이거랑 내용 다른 거예요?"

"나는 몰라. 나중에 만나면 직접 물어봐."

이사님은 내 말에 담긴 저의를 파악하지 못한 듯했다. 굳이 파악할 필요 없는 입장이기도 했다. 결국 더 솔직해야 할 건 내 쪽이었다.

"이거 안 틀었으면 좋겠어요."

"…."

"여론은 얼추 수습 됐더라고요. 제가 버스킹한 거나, 친구 후원한 얘기들이 퍼지면서요. 지금 인터넷 들어가서 확인해보시면 나올 거예요."

"…음."

"이 뮤직비디오 사실 건강한 콘텐츠처럼 보이지는 않아요. 너무 저를… 포장하잖아요. 저는 이렇게 대단하지 않은데요."

"또 시작인가…."

"네?"

이사님은 별다른 말을 하지 않았다. 굳이 그가 입을 열지 않아도 다른 이들이 나서줬다. 연습생이 이사님을 안심시켰다.

"저희가 선배님께 잘 말씀드려보겠습니다."

무알콜을 연기했던 잘생긴 친구였다. 뮤직비디오 촬영에서는 내가 그를 설득하는 상황이었다면, 지금은 그가 내 앞에 섰다. 다른 연습생들과 함께 내 양손을 붙잡았다.

"뭐야."

"선배님… 죄송합니다."

그들은 나를 붙잡고 어딘가로 끌고 갔다. 몸부림칠 수 없을 만큼 강한 악력이었다. 무슨 짓이냐고 화를 내도 그들은 나를 봐주지 않았다. 발 밟힌 척하면서 엄살 부려도 소용이 없었다.

PM 4:40

나는 방송국 대기실에 갇혔다.

연습생들이 문을 틀어막고 있다.

PM 4:50

"얘들아, 화장실 좀 가자."

"안 됩니다. 도주하실 거잖아요."

"내가 그런 이미지야?"

"예전에도 녹음하다가 잠수타신 적 있댔어요."

"그건…."

올해 초의 일이다. 당시에 멘탈이 좋지 않았던 건 인정한다. 전례 없는 스케줄을 소화하면서 피로했다. 하지만 당시에 녹음하다가 도망간 건 단순히 예민해서가 아니었다. 인스타그램 포스팅 하나 내 마음대로 못 올리게

하는 회사한테 불만이 있었다.

나는 무알콜의 크라우드 펀딩을 홍보해주고 싶었다.

그러나 회사는 안 된다고 했다. 내 인스타그램 계정에 올라가려고 천만 원을 투자해서 광고를 요청하는 업체도 있는데, 어떤 거에는 공짜로 올려주면 형평성에 문제가 생긴댔다. 내 말대로 계약서에 관련된 조항은 없지만, 이건 업계의 공중도덕이랬다.

그 얘기를 들으면서 두 가지 궁금증이 동시에 들었다.

내가 그 정도로 인기 많아?

근데 나 천만 원 받은 적 없는데?

회사는 정산 때 들어갈 거니까 걱정하지 말랬다.

그쯤에서 무알콜이 먼저 나와 연락을 끊었다. 연예인 다 됐다며 화까지 냈다. 자연스럽게 나는 더 이상 회사와 싸울 이유가 없었다. 녹음실로 돌아왔고, 문제는 다 해결됐다. 그런 줄 알았는데….

고래 싸움에 새우등이 터지고 있었구나.

“그때 선배님 딜레이 돼서 저희 녹음도 두 달 밀렸어

요."

"…그랬니?"

미안하다고 말하는 순간 더 미안해질까 봐 선불리 사과를 못 했다. 그래도 사과는 해야겠지.

"미안하다…."

"괜찮아요. 대신 쇼케이스 잘해주세요. 선배님의 성공을 저희한테 나눠주세요."

PM 5:00

쇼케이스 한 시간 전.

이사님이 나를 데리러 왔다. 연습생들은 그제야 나를 풀어줬다. 그리고 응원을 건넸다. 리허설도, 실전도 파이팅이라고. 겁나 부담됐다.

PM 5:10

"이사님. 아까 죄송했습니다."

"그래. 철 좀 들어야지. 다들 얼마나 열심히 하는데."

우리는 복도로 나왔다. 중앙 복도까지 걸어가는 내내 이사님 눈치가 보였다. 내가 눈치를 보는 걸 눈치 챘는지 이사님이 나를 꾸짖었다.

"계속 언더그라운드 타령하면 돈은 언제 버냐."

물론 진짜 꾸짖음은 아니었다. 장난스러운 태도를 통해서 나를 배려해주시려는 게 느껴졌다. TV를 보면 회사한테 부당 계약을 당해서 슬퍼하는 연예인들이 많던데. 나는 새삼 운이 좋다고 느꼈다. 이걸 알고 있으면 열심히 해야 할 텐데….

"정 부채감 들면, 네가 돈을 벌어서 그걸로 돌려줘."

"네, 그래야죠."

PM 5:12

복도에는 수많은 사람들이 각자의 일을 수행하고 있었다. 백조 형도 있었다. 형은 중년의 여성과 대화를 나누고 있었다.

"엄마. 이 친구야. 덕분에 내가 데뷔하게 됐어."

이윽고 나를 발견한 백조 형이 자신의 어머니에게 나를 소개를 했다. 사실 나도 백조 형과 만난 지 하루도 채 되지 않았는데… 마치 친한 친구인 것처럼 형의 어머님에게 인사를 드렸다. 예의 가득한 말들을 했다.

“형이 연기를 잘해서 감사하게 도움을 받았어요.”

“우리가 고맙죠. 저 정말 아들이 방송국 오길 기다렸거든요.”

나와 이사님은 어머님에게 붙잡혀서 약간의 수다를 들어야했다. 어머님은 백조 형에게 유아교육과를 졸업해놓고 무슨 연기냐고, TV에 나오려면 인맥이 필요한데 연극영화과 사람들이 꽉 잡고 있을 거라고 항상 잔소리를 했단다.

그 얘기를 들으면서 웃겼다.

“저도 대학 못 나왔어요. 여기 이사님도 그렇고요.”

“내 얘기는 굳이 왜 하는 거야?”

“그러니까요. 두 분 덕분에 저도 깨달은 거 아닙니까.”

어머님은 백조 형의 연기를 볼 필요도 없어 보였다.

아들이 이 거대하고 화려한 방송국에 입성했다는 것만으로도 뿌듯해보였다. 내가 인스타그램 포스팅을 잘못한 덕분에 일어난 나비 효과였다. 욕을 수습하려다가 한 사람의 어머니를 기쁘게 만들었다니.

나도 조금은 뿌듯함을 느껴도 되는 걸까?

돌아보면 참으로 숨 가쁜 하루였다. 물론 하루에 행사를 세 탕 뛸 때도 이만큼 피곤하기는 했으나… 그건 육체적인 피로였을 뿐, 오늘처럼 정신적으로 몰렸던 하루는 처음이다.

감정의 낙차가 큰 24시간이었다.

결론적으로는 뿌듯하다. 그래. 충분히 보람을 느껴도 될 거라고 나는 확신했다.

멋진 하루였다.

백조 형 말대로 한국에서 태어나서 경험할 수 있는 시간들이었다.

PM 5:22

세트 안으로 내가 등장하자마자 기다리고 있던 관중들이 환호성을 질렀다.

고급 조명기가 눈이 부셔서 관중석을 쳐다보지 못했다. 그냥 랩을 시작했다. 굳이 프로젝터를 찾지 않아도 됐다. 하도 많이 불러서 달달 외우고 있는 랩이었다.

PM 5:26

리허설이 끝났다. 방송국 분들이 나에게 필요한 게 있냐고 물었다. 나는 조명기가 눈이 부시다고 말했다.

"프로젝터라도 꺼 볼까요?"

"네. 저 가사 다 외워서 없어도 돼요. 괜히 헷갈려요."

"오오. 역시 조헤드씨."

"네?"

방송국 직원은 마치 산타가 선물을 주고 사라지듯이, 칭찬을 건네고서는 홀연히 가버렸다. 잠시 후. 프로젝터 전원이 꺼졌다.

PM 5:45

분장실로 돌아와서 멍하니 앉아 있었다.

PM 5:50

“헤드야. 시간이 왔다!”

드디어 아트 디렉터 누나와 만났다. 잠에서 깬 이후로 처음 만나는 거였다. 반가움과 서운함이 동시에 들었다. 함께 시작했던 고생이 곧 끝난다고 생각하니 반가웠고, 그럼에도 내 지인들을 우스꽝스러운 인물로 편집한 데에는 서운했다.

하지만 그 모든 걸 전할 시간이 없었다. 나는 무대로 올라가야했다.

“누나, 고마워요.”

“내 일인데, 뭘. 너도 실수하지 말고 잘해. 조헤드답게.”

“근데 뮤직비디오 디럭스 버전은 무슨 내용이에요?”

“일단 나가고 얘기하자.”

PM 5:56

무대 스크린에서 60초 카운트다운이 시작되고 있었다. 나는 무대 옆에서 대기하며 숫자가 줄어드는 것을 지켜보았다. 내 주변에는 아트 디렉터 누나를 비롯하여 회사 사람들, 방송국 사람들이 많았다.

모두 내 무대를 위해서 출근한 존재들이었다.

PM 5:57

이윽고 숫자가 0이 되자 '한국에서 태어나서' 뮤직비디오가 시작됐다. 나로서는 두 번째 감상이었다. 뮤직비디오이기에 음악과 영상이 함께 송출되는 건데도, 나는 이상하게 노래는 안 들리고 영상에 등장하는 사람들만 보였다.

내게 안 될 거라고 다그치는 엄마.

노력 없이 불평만 하는 무알콜(사실은 백조 형).

언더그라운드 위하는 척하면서 주머니 챙기는 아저씨.

그런 아저씨가 밉지만 먹고 살기 위해 동조하는 버터맨.

~~소년은 편집되었다~~.

그들을 보면서 자꾸만 지금 이 무대에서 도망치고 싶은 충동을 느꼈다. 길거리로 도망치고 싶었다. 지금쯤 어딘가에서 버터맨과 소년은 전단지를 돌리고 있겠지. 그래봐야 내가 인스타그램 포스팅 하나를 올리는 것보다 적은 파급 효과를 일으킬 텐데… 고생하고 있겠지.

한 사람(소년)은 희망에 가득 차서.

다른 사람(버터맨)은 비관에 가득 차서.

나는 그들의 존재를 잊고 싶었다. 아무것도 모르던 때로 돌아가고 싶었다. 투팍과 제이지도 모르던 시절로 회귀하고 싶었다. 그러면 나는 다시 힙합을 할까? 그나저나 나는 어쩌다 힙합을 좋아하게 됐지.

모르겠다.

영상 속의 릴뚝배기는 이제 공연장에 주저앉아 있다. 화면은 오버랩 되고, 힙합 오디션에서 우승한 직후의 내 모습이 등장한다. 동시에 자막이 깔린다.

- 하지만 그는 포기하지 않았고, 이제는 스타 래퍼가

되었다.

뮤직비디오가 거의 끝나갔다. 나는 옆에 있는 아트 디렉터 누나에게 희망을 갈구하듯이 물었다.

"누나, 디럭스 버전은 이것과 다른 것 맞죠? 확실하죠?"

"올라가야 돼! 지금."

나는 매니저 분들의 안내를 따라서 형광색 스티커를 보고 무대로 올랐다.

PM 5:59

무대 조명이 켜졌다.

관객들은 박수를 쳤다. 나는 이제 랩을 하면 됐다. 분명 그런데… 기계처럼 수십, 아니 수백 번을 반복했는데… 이상하게도 랩을 시작하자마자 박자를 놓쳤다. 뒤늦게 따라가려 해도 혀가 꼬였다. 따라가지 못할 지경까지 흘러가버렸고, 커다란 공연장에는 비트만 둥둥 울렸다.

좁은 공연장에서 랩을 할 때(릴뚝배기로서), 오디션 프로의 큰 무대에서 랩을 할 때도(조헤드로서) 단 한 번의 실수를 한 적 없는데… 지금은 머리가 아팠다. 시끄러운 드럼 소리 때문에 심장이 쿵쾅거렸다.

결국 DJ가 음악을 껐다.

처음으로 되돌렸다. 그러자 이 모든 실수가 계획된 연출이라고 착각한 관중들이 소리를 질렀다. 하지만 내 머릿속은 혼란으로 가득했다. 어제까지 완벽하게 외우고 있던 가사들이 뒤섞였다. 이것은 조헤드의 경험 부족이었다.

릴뚝배기라면 이러지 않았을 텐데.

나는 다시 눈을 감고 마인드 컨트롤을 했다. 오늘 죽였던… 아니, 어쩌면 일 년 전에 내 안에서 죽였던 릴뚝배기를 다시 꺼내야했다. 천천히 심호흡을 했다. 나는 릴뚝배기다. 릴뚝배기이기에….

5부

합체

TAKE5. 한국에서 태어나서

PM 6:00

그렇습니다.

릴뚝배기는 TV에 보이는 저 사람이 자신이라는 것을 알고 있습니다. 지금 이 순간 자신이 자신을 부르고 있다는 사실 또한 알고 있습니다. 릴뚝배기는 TV 속으로 들어가고, 주변을 둘러봅니다. 조헤드에게는 익숙한 광경이지만, 갑자기 현실로 나온 릴뚝배기에게는 낯선 공간입니다.

이것도 내 삶의 한 '경우의 수'였구나.

자신은 커다란 공연장에 있습니다. 눈앞을 가득 채운 관객들은 모두 자신만 바라보고 있는 듯합니다. 그 시선을 느끼면서 릴뚝배기는 기시감을 느낍니다. 처음 와보는 장소인데 익숙합니다.

분명 자신은 '힙합의 신'이 부여한 마지막 하루를 살고 있었고, 계속해서 후회와 미련을 느꼈습니다. 수많은 사람 앞에서 랩을 하고 싶다는 소원을 마지막으로 빌었습니다. 그러자 어두운 공간에 갇혔고, TV를 통해서 새로운 상황을 지켜보게 됐습니다. 그것은 아마도 릴뚝배기가 '힙합 오디션'에 참가해서 우승을 한 이후의 세계였습니다.

그런데…… 왜 저러지?

조헤드는 전혀 행복해보이지 않습니다. 오히려 릴뚝배기를 그리워했습니다. TV 너머로 그 모습을 지켜보면서 릴뚝배기는 알 수 없는 감정을 느꼈습니다. 조헤드가 무알콜과 재회하고, 그로부터 '한국에서 태어나서' 댓글의 범인이 본인이라는 자백을 들었을 때는 이상하게도 무알콜에게 갖고 있던 분노가 완전히 사라졌습니다.

이어서 무알콜은 릴뚝배기에게 팀의 해체를 고했습니다. 덕분에 릴뚝배기는 말끔하게 조헤드가 될 수 있었습니다. 조헤드로서 랩을 할 수 있게 됐습니다.

마침 마이크도 들고 있군요.

릴뚝배기는 간단하게 입을 풉니다. 그러자 관객들은 환호성을 지릅니다. 그 리액션이 놀라울 뿐… 갑작스럽게 랩해야 하는 상황 앞에서는 침착한 릴뚝배기입니다. 마침 깨달은 바도 많습니다. 릴뚝배기는 연설을 하듯이 가사를 뱉습니다. 흘러나오는 비트도 조용해서 감성적인 랩이 나옵니다.

어느덧 조헤드가 써놨던 가사와 릴뚝배기의 프리스타일은 구분이 가지 않습니다.

(16마디의 랩이 끝난 후)

점차 릴뚝배기와 조헤드의 표정도 구분이 가지 않습

니다. 지금 조헤드는 릴뚝배기 시절(정확히 표현하자면, 좁은 공연장에서 관객 없는 공연을 하고도 뿌듯함을 느끼던 때)에만 지었던 맘 편한 웃음을 보이고 있습니다.

제대로 된 프리스타일을 해낸 게 뿌듯합니다.

사실 몇 달 동안 가사를 제대로 못 썼거든요. 결국 조헤드의 **[나비 효과]**는 힙합 오디션을 참가할 당시에 발표했던 verse와 릴뚝배기의 **[나는 벌레]**를 교묘하게 바꾼 음반이 됐습니다. 가진 게 없던 시절에 만든 노래들로 기대해주는 사람들을 실망 시켜선 안 되는 음반을 만든 것입니다.

그것에 자책을 한 나머지… 누구보다 자신이 스스로에게 제일 실망하고 있던 찰나. 지금의 프리스타일은 조헤드에게 큰 용기가 돼 주었습니다. 그 기쁨 속에서 릴뚝배기는 죽어갑니다. 그토록 원하던 형태의 죽음을 거머쥡니다.

PM 6:10

무대에서 내려온 그는 주변을 둘러봅니다. 그리고 저를 발견하자마자 손을 듭니다. 그의 뒤에 있는 스크린에서는 '한국에서 태어나서' 뮤직비디오가 반복 재생되는 중입니다. 거기에는 조헤드가 있습니다만, 지금 제 앞에 있는 것은 조헤드인 동시에 릴뚝배기인 존재입니다. 그걸 모두가 알게 됐다면 이제 제 역할은 끝난 것 같네요. 아트 디렉팅은 여기까지. 나머지는 여러분이 느껴주시기를 바랍니다. 안녕히 계세요.

작가의 말

90년대생인 저는 제가 속한 세대를 대변하는 힙합 아티스트로 '우원재'를 생각합니다.

2016년, Mnet의 힙합 오디션 프로그램 〈쇼미더머니6〉에 참가한 그는 '알약 두 봉지'라는 단어로 자신의 삶을 설명했습니다. 당시 대학생 새내기였던 저는 그의 랩에 깊은 공감을 했습니다. 동시에 오디션의 과정을 거치면서 그가 갖고 있던 우울을 극복하고 성장하는 모습에 감동을 하기도 했습니다.

〈쇼미더머니6〉가 끝난 이후, 평범한 대학생에서 랩스타가 된 우원재는 싱글 '과거에게(loop)'를 통해 성장의 간극에서 느끼는 감정을 표현합니다. 감탄사로 표현하는 '좆 된다!'라는 기분을 느꼈다고 털어놓으면서, 동시에 그 '좆 됨'에 흔쾌히 기뻐하지 못하고 찝찝함을 느꼈다고 털어놓습니다. '좆 됐다'라는 부정적인 표현이 있는 것처럼 말입니다.

그 곡에 등장하는 '좆'의 의미를 궁금해 하는 새내기였던 저는 시간이 흘러 『한국에서 태어나서』를 쓴 작가가 되었습니다.

작품 안에 제가 해석한 두 가지 의미의 '좆'을 담았습니다.

서로 다른 상황에 처한 두 주인공(릴뚝배기, 조헤드)은 각자의 설움을 담아 '한국에서 태어나서 ㅈ 같다'를 외칩니다. 그리고 그 외침이 낳은 결과를 목도하면서 같은 깨달음을 얻습니다.

여러분은 그것이 무엇이라고 생각하시나요?

저는 겸손이라고 느껴졌으면 좋겠습니다. 그것은 우리가 흔히 알고 있는 '미덕의 겸손'을 의미하는 게 아닙니다. 철학자 강신주가 저서 [강신주의 감정수업]에서 정의한 대로 '인간이 자기의 무능과 약함을 고찰하는 데에서 생기는 슬픔'입니다.

우리는 성공하기 위해 겸손해야 하는 게 아니라 슬픈 만큼 겸손하게 되는 것이죠.

그 어떤 부와 명예 혹은 예술적인 성취에 도달해도 슬픔으로부터 도망칠 수 없다고 저는 생각합니다. 하지만 그걸 알면서도 발버둥을 치는 데에 의미가 있다고도 믿습니다.

그래서 힙합을 좋아합니다.

어떤 Swag은 당당한 만큼 슬프게 느껴집니다. 겉바속촉인 것이죠. 이 작품도 그렇게 느껴졌으면 좋겠습니다. 겸손한 작품으로 말입니다.

2022년 5월

류연웅